最高の人生の終り方

～葬儀屋5代目 井原真人～

渡辺千穂
龍田力

リンダブックス

最高の人生の終り方

～葬儀屋5代目 井原真人～

Contents

最高の人生の終り方　～葬儀屋5代目　井原真人～

第一話　最悪の人生の一日

最悪の人生の一日。

それは、井原真人《いはらまさと》が生きて来た二十六年間の人生の中で、最悪の日だった。

しかし――

その日が、彼の新しい人生の一日になるとは真人は思ってもみなかった。


冬。東京の朝には都会ならではの冷え込みが訪れる。

夜のうちに冷え切ったアスファルトの上を革靴で歩くと、まるで氷の上を歩いているような冷たさが伝わってくる。冬の乾いた冷たい空気がビル風で吹き乱れ、通勤で駅へ向かう人達の身体から熱を奪っていく。

それだけ冷え込む東京の朝でも、井原真人はいつもスーツにコートを羽織るだけで出勤している。二十代の半ばを過ぎたばかりの真人には、見た目よりも機能性を重視したファッションなどまだまだできないでいた。肌着を着れば、ワイシャツの下に透けて見えるし、ズボンにできる皺の見え方も違ってくる。ダサい服装を我慢するくらいなら、寒さを我慢した方がマシだ。真人はそう考えているのだ。

地下鉄の階段を降り、改札を抜けて、さらに階段を降りる。ホームから流れて来る独特の湿った空気が外気より温かく、真人はコートのポケットから手を出した。

この駅では、階段からホームに降りても人の流れが止まることはない。ホームの端にある階段から電車の停車位置までに距離があるのだ。黙々と歩く人の流れに乗って、真人も電車の停車位置まで歩を進める。

その時、ホームの端に立つ一人の女の姿が目に入った。白いコートを着て、電車の停車しない位置に立つショートカットの背の高い女。

——こんな所で、何をやってるんだ？

真人はそう思いながら、女の後ろを通り過ぎた。女の思いつめた表情が気になった真人が振り返ると、女は目を閉じ両手を合わせていた。

真人が「まさか」と思った瞬間、目を開いた女は線路に向かって足を踏み出した。

咄嗟《とっさ》に、真人は駆け出していた。女の横に身体を寄せ、その腕を掴む。

驚いたように顔を上げ、真人の目を見た女に、真人は何かを言わなければいけないと思った。自分でも思いもよらない言葉が口をついて出る。

「……諦めたら終わりだけど、……諦めなければ、よかったって思える日が必ず来るから……」

女の目に一瞬、戸惑いが浮かび、目尻に込められていた力が抜けていくのがわかる。

真人が女の腕から手を離すと、女は真人に深々と頭を下げ、ホームの中央へと向かって歩き始めた。

真人は女が自分の乗る電車とは反対の方向へ進む電車に乗り込むのを見届けると、自分もホームに滑り込んできた電車に乗り込んだ。


その日の夕方、真人は杉並にある商店街に来ていた。申し訳程度に作られた駅前のロータリーから続くその商店街には、高い建物もなく、昔ながらの個人経営の店舗が立ち並んでいる。電器店、精肉店、クリーニング店にそば屋やとんかつ屋などの飲食店。その隙間にコンビニエンスストアやドラッグストアなどのチェーン展開された店が増え始めてきている。

真人の目指す『居酒屋コロンブス』もそんなチェーン展開の店だ。

その居酒屋は真人の勤める『日本ロビンフーズ』がチェーン展開を手掛ける店の一つで、真人はエリアマネージャーとして、中野、練馬、杉並の三区十一店舗の売上管理を任されている。

開店前の店舗の窓際のテーブルで、真人は店舗ごとのデータのまとめられたファイルを開いていた。真人の目の前に座る店長の長田栄司《おさだえいじ》は落ち着きなく店内のいたる所に視線を泳がせている。真人の吐いた溜息に、真人より一回り以上も年上の長田が肩をすくませる。『居酒屋コロンブス』は、メニューの豊富さと低価格がウリで、和食から中華、洋食だけでなく、メキシカンフードや韓国料理まで、そこそこの料理を低価格で提供し、学生や若いサラリーマンをターゲットに展開されている。薄利多売。客単価が上がることはあまり考えられない以上、売上を伸ばすには客の回転率を上げ、客を増やす以外にない。

真人は「サービスは質よりスピードだ」と長田に進言《しんげん》する。

「そりゃ『お客さんのために』って、社員やアルバイトには言いますよ。でもそんなの二の次です。仕事なんです、商売なんです」

真人が長田の顔を覗き込むようにして話しても、長田は顔を上げようとはしない。

「先月の売り上げ目標、百九十万も足りてないんですよ？　先月だけじゃない。その前の月もです」

誰だって、自分より十五も年下の人間に説教をされるのは面白くない。そんなことは真人にもわかっていた。しかし、これも仕事なのだ。月に何度か顔を合わせ、アルバイト店員達からの長田の評判がいいことも真人は知っている。柔和で人当たりもいい。しかし、人がいいだけでは、店の経営はできない。

真人には、長田がこの店がどれだけ追い込まれているのか、わかっていないのではないかと感じられた。

「店長、わかってます？　代わりはいくらでもいるんです。このままだと……、クビになっちゃいますよ？」

真人と長田の目が、初めて合う。長田は怯えたような目をしていた。

「すいません！」

何かに突き上げられるようにして飛び出した大声に、長田は自分でも驚いたようだった。長田はすぐに真人から目を逸らし、窓の外を見た。

真人は溜息を吐きながら、ホームから飛び込もうとしていた女を思い出した。今朝、見知らぬ人を助けたばかりなのに、今は、人を追い込むようなことを言っている自分が不思議だった。

しかし、真人はこれもこの店長のためなのだと自分に言い聞かせた。実際、真人の勤める『日本ロビンフーズ』は、数字だけがすべてであり、その店にどれだけ常連客がいようと、儲けがなければ簡単に店長の首をすげ替え、それでも数字が伸びなければ、その店を潰す。増やしては潰し、増やしては潰し、それを繰り返して、店舗の拡大を図ってきた会社なのである。就職情報誌には必ず、系列チェーンの店長募集が掲載されている。店長の数が足りないのではない。それだけ、店長が頻繁に変わっているのだ。

その時、真人は長田が両手の親指を握りしめていることに気がついた。長田の視線は窓の外に向かっている。

窓の外を見て、真人は納得する。店の外を霊柩車《れいきゅうしゃ》が通り過ぎていたのだ。

真人は思わず笑って、呟《つぶや》いた。

「霊柩車か……」

恥ずかしそうに真人に顔を向けた長田を見て、真人は続ける。

「親指を隠さないと親の死に目にあえなくなるって言いますからね」

「ええ……」

真人はもう一度小さく笑うと、手にしていたボールペンをテーブルの上に投げ出した。

「でも、それが本当なら俺、親の死に目に絶対あえないなあ」

長田が不思議そうな顔で真人を見つめる。

真人はそんな長田に軽い口調で返した。

「……うち、葬儀屋なんで」

真人の家は代々続く葬儀屋だった。三百六十五日、二十四時間いつでも人の死の知らせを届ける電話が鳴り響く。そんな家だった。

子供の頃は「死神」というあだ名で呼ばれ、苛《いじ》められていた。

真人は五人兄弟の次男だが、長男の健人《けんと》も長女の晴香《はるか》も、三男の隼人《はやと》も末っ子の桃子《ももこ》も、皆、一度くらいは自分と同じ経験をしたことがあるだろうと思っている。

いつからか、真人は自分が次男で助かったと思うようになっていた。いつか、この家から逃れられる。そう思っていた。

しかし、真人の頼みの綱であるはずの長男、健人は放浪癖があり、今も家を飛び出し、帰ってきていない。結局、父、浩太郎《こうたろう》の手伝いをしているのは長女の晴香だけだった。

逃げ出すようにして家を出た真人は浩太郎と顔を合わせることも苦手で、この正月も家に帰ることはしなかった。

真人は長田に見送られてレジの前までやってきた。レジの横に小さなカゴが置かれ、その中に数種類の飴が入れられている。会計を済ませた客のためのものだろう。そのカゴには『ご自由にどうぞ』と書かれた紙が貼られている。

店を出る前、真人は最後にもう一度、長田に発破《はっぱ》をかける。

「とにかく、よく考えてください。どうすれば、無駄《むだ》を削れるのか。どうすれば、客を増やせるのか……。そうしないと、店長、本当にヤバイですから……」

「……はい」

長田の消え入りそうな返事が、真人を苛立《いらだ》たせる。

「これ……」真人は飴の入ったカゴを指差す。「無駄ですよね、店長」

「あ……」長田が悪戯を見つかった子供のような顔を見せ、「お客さん、意外と喜んでくれるんですよ」と、笑顔を作った。

その笑顔に、真人はさらに苛立った。

「だから売り上げを第一に考えてくれって言ってるじゃないですか！」

長田は自分が何を怒られているのかわからないというような顔で立ち尽くす。

そんな長田に、真人は吐き捨てるように言う。

「俺、そういう綺麗事、大っ嫌いなんですよね」


夜。

真人は長田が店長を務める『居酒屋コロンブス』からほど近いところにあるモツ鍋の有名店にいた。学生時代の友人、金本博文《かねもとひろふみ》に合コンに誘われていたのだ。

女の子達を前に、金本がはしゃぐ。

「も〜う、誰だよ！　合コンにモツ鍋とかセッティングしたの！　みんなでニンニクで元気になって、その後どうすんだよ〜」

金本はいやらしい笑みを浮かべながら、女の子達を指差す。

「な〜んて、オレでーす！　ここセッティングしたのオレでーす！」

金本の軽薄なノリに全員が笑い声を上げる。

真人は、一緒になって笑いながらも、長田店長に厳しい言葉を浴びせて来たことが気になっていた。人を追い詰めた後に、浮かれている自分がいる。だが、そんなことを気にしていたら生きていけない。誰だって、仕事とプライベートは切り替えて生きている。それだけのことだ。

「席替えターイム!」

金本の声に、男性陣四人が自分の名刺を取り出す。

それを受け取った真人が四枚の名刺をトランプのように切り、名刺に書かれた名前を見せないようにしながら「選んで」と、女の子に順に引かせていく。女の子は自分が引いた名刺の相手の隣に座るのだ。

結局、真人の名刺だけが余った。女の子が一人、遅れて来るのだ。

「遅れて来る子って、どんな子?」

真人は金本の隣に座るロングヘアの女の子に尋ねた。

その女の子は、枝豆を摘まみながら、さらりと意外な言葉を吐く。

「ん? 刑事だよ」

「刑事!?」

そこに、一人の女の子が「お待たせ~」と、手を振りながらやって来る。

「おっ」と身構えて、顔を上げた真人はその女の子の顔を見て「あっ！」と驚いた。

それは、この日の朝、駅のホームで真人が自殺を思いとどまらせた女だったのだ。女も真人に気付き、一瞬だけ驚いた顔を見せたが、すぐに友人に向かって笑顔を向けた。

「遅れちゃって、ゴメ〜ン」

「優樹《ゆうき》、久しぶり！　元気だった？」

「……うんっ！」

女は元気な笑顔を見せた。今朝、電車に飛び込もうとしていた女が、今はこうして笑っている。その笑顔に、真人は目の前にいる女と今朝の女が別人なのかもしれないとも考えたが、顔だけでなく、服装や身長も今朝の記憶と一致している。

たった今、行われた席替えに従い、女は真人の隣に腰を降ろした。

全員揃ったことでの乾杯を済ませ、宴の席に落ち着きが戻ると、真人の隣に座った女は、真人の名刺を見ながら、小さく頭を下げた。

「……今朝はどうもありがとう」

その言葉で、やはり今朝の女なんだと、真人は確信する。一体、何があってあんなことをしようとしたのか？　もう、そんなつもりはなくなったのか？　真人には気になることがたくさんあった。

しかし、女は真人の名刺を見ながら、まるで今朝のことなど何もなかったように話し始めた。

「エリアマネージャーってどんな仕事なんですか？」

彼女がその気なら、真人もそのように振る舞うしかない。

「担当してる地区の店舗の売上管理とか、店長達まとめたりとか」

「カッコいいですね。出世コースだったりして」

「いやぁ」

普通の会話が続く。

「会社でもモテてそう」

「全然全然」

「えー？　……あ、彼女は？」

「いない暦一年」

嘘だった。真人にはイギリスに短期留学中の恋人がいた。

「えっと……」真人は同じ質問をしようとして、女の名前を聞いていなかったことに気付いた。

それに気付き、女が名前を告げる。

「優樹、坂巻《さかまき》優樹」

「優樹ちゃんは？　彼氏は？」

「残念ながら、いません」

「またまたぁ」

「いやホントですよ」

そんな普通の会話を続けたあとに優樹が見せた笑顔を見て、真人はホッとした。

「……よかった。元気そうだね」

優樹は俯《うつむ》いて、小さく笑うと「よし、今日は飲もう」と、持っていたグラスに入った酒を飲み干した。


二時間後、酔い潰れた優樹を真人がおぶって歩いている。

「うーん、ここどこ……」

優樹が、目をこすりながら、真人の背中に問いかけてくる。

「道……」真人はぶっきらぼうに答えた。

「道？」

優樹が真人の背中で身体を振って周りを見渡した。

「みんなは？」

「とっくに帰ったよ」真人が呆れたように言う。

「え？　酔ってるからってお持ち帰り禁止!?」

「なに言ってんだよ……」

真人はそのまま近くの公園に入り、ベンチの上に優樹を降ろした。そこは遊具もほとんどなく、公園というよりは広場に近い場所だった。

真人は、途中、買って来たペットボトルの水を優樹に差し出した。

優樹はペットボトルの蓋を開けると、口元に運び、豪快に水を流し込む。

真人が自分の様子をじっと見ていることに気付いた優樹が言う。

「呆《あき》れてるでしょ」

「……いや」

まだ、酔いの抜け切れていない優樹が急に話題を変える。

「ねえねえ、なんで今の仕事選んだの？」

真人にこれといった理由はない。あるとすれば、その理由は一つだ。

「実家が嫌いだったから……」

「ふーん、どういうところが？」

優樹が再び水を飲もうとしていた手を止める。

「……実家って、何やってるの？」

真人は少し考えてから答える。

「……普通のサラリーマンだよ」

真人は優樹の隣に腰を降ろした。

「……なんかあったの？」

真人は優樹の顔を覗き込みながら、今朝のことを尋ねた。

優樹はその目を逸らし、どこか遠いところを見る。

「今日は、大切な人の命日なの。……五年前の今日、あそこで亡くなったの……」

優樹は黙っている真人に向かって白い歯を見せた。

「死のうと思ってたわけじゃないよ？」

「……そっか」

答えながら、真人はバツの悪さを感じた。今日一日、真人は優樹を助けたのだと思っていた。だが、それは自分の勘違いでしかなかった。

「でもさ、なんていうか……嬉しかった。今も、酔っ払って、迷惑かけて……。お詫びに今度ご馳走します！」

「いいよ別に」

不貞腐《ふてくさ》れた感じで俯く真人に優樹が顔を寄せる。

「これってチャンスなんだけど」

真人が「じゃあ」といって携帯電話を取り出すと、優樹もすぐにそれに応じた。

「え～っと、赤外線……」

赤外線通信で互いのプロフィールを交換しようとしながら上手く携帯電話を使いこなせていない真人を見て、優樹が「貸して」と、携帯電話を奪い取る。

真人が馴れた手つきで赤外線通信をしている優樹を見ていると、優樹が顔を上げる。

「……メール来たよ」

優樹がそう言って、携帯電話の受信画面を真人に見せる。

そこには、真人と恋人のあずさのツーショット写真が映し出されていた。写真の顔の下には『まさぴょん&あずあず』という文字まで付けられている。

「あっ」

真人は優樹から携帯電話を奪い返そうと慌てて手を伸ばしたが、優樹はそれをさっとかわして、立ち上がる。

「ま～さぴょ～ん」

優樹は笑顔で言いながら、追いかけて来る真人から逃げた。

「彼女いない暦一年とか言ってたくせに」

優樹に追いついた真人は、「返せって」と、優樹の腕を掴む。

その瞬間、優樹は真人の腕を引き寄せ襟元を掴むと、背負い投げを決めた。

空中でくるりと身体が回転した真人は、「え？」と思った瞬間、地面に叩きつけられた。

「イッテー!!」

「私、黒帯なんです。こう見えて」

真人は寝転がったまま優樹を見上げた。

「嘘つき」

「……合コンで彼女いますなんて言うやついないだろ?」

「ま、そうだよね……はい、まさぴょん」

優樹の差し出した携帯電話を真人は奪い取るように受け取った。

その様子を見ていた優樹は「バーカ」と叫び、公園の出口へと向かった。

真人がその後ろ姿を見送っていると、優樹が振り返る。

「……でもまあ、ありがと」

去っていく優樹の後ろ姿を見送りながら、「イテテ」と真人は立ち上がる。

そんな二人の姿を一人の老人がじっと見つめていることに、真人も優樹もまったく気がついていなかった……。

その帰り、真人は長田が店長を務める『居酒屋コロンブス』のある商店街を通った。

「居酒屋コロンブスでーす！」

商店街に聞き覚えのある声が響いていた。聞き覚えがあると言っても真人はこれまで、この声の主がこんなに元気のある声を出せるとは思っていなかった。

「コロンブスでーす。よかったら、二次会に当店、いかがですか？」

店の前でチラシを配る長田は必死そのものだった。興味無さ気に通り過ぎるサラリーマンの集団にも必死に食い下がっている。

「この次、お願いします！」

無視して通り過ぎる人にも長田は何度も頭を下げている。何度も何度も……。

その姿に、真人は何も言えず、ただ、長田に自分の姿を見られまいと、その場を急ぎ足で去って行った。

一人暮らしをするマンションに戻った真人は、誰もいない冷え切った部屋に入るとすぐに部屋の電気を点け、エアコンのスイッチを入れた。ピッという電子音の後に、暖かい空気を吐き出す音が響く。ワンルームの小さな部屋の中に乾いた風が循環するのを確認した真人は、渇いた喉を潤そうとバスルームの前に置かれた冷蔵庫を開ける。中にはミネラルウォーターとビールしか入っていない。

一瞬、迷いながら、明日の仕事のことを考え、ミネラルウォーターを手に取った真人は、ボトルの蓋を捻りながら、朝、布団から抜けだしたままになっているベッドの上に腰を降ろした。

優樹に投げられたせいで、背中に痛みが走る。いや、この痛みは優樹をおぶって歩いたせいかもしれない。真人はそんなことを考えながら、腰を摩《さす》った。

本当は風呂に入って疲れを落としたい。真人はそう思いながらも、次第に全身に回って来る睡魔を感じ、明日、朝起きてからシャワーを浴びればいいと、そのままスーツとワイシャツを脱ぎ捨て、布団の中に潜り込んだ。


翌朝、会社に向かう真人はいつもより気分が良かった。昨夜、程良く飲んだ酒でよく眠れたおかげかもしれないと思った。

真人が勤める『日本ロビンフーズ』は、中野駅から徒歩五分の場所にある地上十二階建てのビルで、地上から三階までは自社チェーンの居酒屋が入っている。

真人はエレベーターに乗って『居酒屋コロンブス』の営業部のある六階を目指す。

古いエレベーターがチンという音を立てて、六階に到着する。やはり音を立ててゆっくりと開くドアに少し苛立ちながら、真人はエレベーターホールを抜け、自分のオフィスへ向かった。

「おはようございます」

研修時代から教えられた大きな挨拶をしながらオフィスに入ると、そこには社員の顔はなく、派遣社員の女の子が数人仕事を始めているところだった。

——何かあったのか？

真人がそう思った時、オフィスの奥の会議室のドアが開き、部長の林田恒一《はやしだこういち》が顔を覗かせた。

「井原」

林田に呼ばれるまま、真人は会議室に入った。そこには数人のエリアマネージャーが集められていた。真人の姿を見て、みんながそれぞれに身構えたのがわかる。顔を伏せる者、真人の顔を見つめる者、真人に向かって憐《あわれ》れむような顔を見せる者までいる。

異様な雰囲気に真人が林田の顔を見ると、林田が一つ頷いて口を開いた。

「井原、昨日、善福寺店の長田店長に会ったか？」

「あ、はい……」

腕を組んで黙り込み、俯いた林田に真人は「あの……」と声をかける。

林田は、顔を上げ、真人の顔を見ると、再び視線を下げる。

「……意識不明の重体だ」

「……え？」

「今朝、マンションから飛び降りたらしい」

——マンションから飛び降りた。意識不明の重体？

真人には林田が何を言っているのかよく理解できなかった。昨日の夜、商店街でチラシを配っていた長田の姿が頭をよぎる。

「理由はわからない。遺書もない」

理由と遺書。この二つの言葉で、林田が「長田は自殺を図った」と考えているのだと真人にもはっきりとわかった。

「代わりはいくらでもいるんです。このままだと……、クビになっちゃいますよ？」

昨日、自分が長田に浴びせた言葉に真人は寒気を感じた。自分のせいだ。

「俺の……俺の——」

俺のせいです。真人がはっきりとそう口にする前に林田が言葉を被《かぶ》せる。

「誰のせいということはない。マニュアルに沿って指導しただけだろう？　気にするな」

できれば、自分のせいではないと信じたい。しかし——

林田が会議室にいる一同を見渡す。

「見舞いは禁止だ。会社が訴えられでもしたら大変なことになるからな」

本当にそれでいいのか、真人にはわからなかった。遺書がない以上、自殺の原因もわからない。会社が訴えられることもないかもしれない。

ただ一つ、はっきりしていることがある。それは、長田がビルから飛び降りる前日、真人は確実に長田と会話をしていたということだ。

「今日のところは井原、おまえが店長代理で善福寺店に行ってくれ」

「……はい」

真人はゆっくりと会議室を出ると、そのまま、エレベーターに乗り、屋上へ向かった。

屋上に出た真人はポケットから携帯電話を取り出し、長田の番号を呼び出した。

『長田店長　善福寺店』の文字がディスプレイに現れた。しかし、真人はそれを押せなかった。押したところで、長田が出るはずもない。

真人はディスプレイの名前を見ながら、自分の身体が震えているのを感じた。

――真人の最悪の人生の日々は、こうして突然訪れた。

午後になってから、雨が降り出した。

雨の中、傘をさした真人が商店街を抜け、店の中へ入る。昨日はいた店長は、今日はいない。開店を前に出勤してきた従業員たちに、事故があって、長田がしばらく来られないことを告げると、何人かは、長田の容態や入院している病院の場所などを尋ねて来た。『日本ロビンフーズ』の社員ではない彼らが見舞いに行く分には問題ないと考え、真人は彼らに教えられるだけのことは教えた。

ここは長田が作り上げて来た店だ。長田はこの店で誰よりも早く出勤し、翌朝まで働いて家に帰っていたに違いない。

そんなことばかりを考えていた真人も十九時を過ぎ、店の中が慌ただしくなると、長田のことは忘れ、目の前の接客に集中することができた。

「三千二百三十円のお返しです」

真人が初老の女性客にお釣りを渡した時、その女性客がレジ横に置かれた飴に気がついた。

「これ、頂いていい？」

「どうぞ……」

嬉しそうに人数分を手の中に入れたその客は、「ありがとう」と礼を言って、店を出て行った。

長田は今のような客の笑顔が見たかっただけなのかもしれない。忙しい合間に、それだけで、少しは疲れが取れたのかもしれない。真人はそれを「無駄」だと決めつけ、「綺麗事」だと言い捨てた。

ドアが開き、外の冷気がレジ前に流れて来る。

「いらっしゃいませ！」

真人は仕事に集中しようと、声を張り上げた。

傘を手にした真人と同じくらいの年齢の男が、一人で入ってきた。

「何名様でしょう？」

真人の言葉に、男は小さく手を振った。

「アルバイトの面接に来たんですけど」

男の胸にぶらさがるトルコ石のネックレスが揺れている。

「え？」

真人はレジの横の壁に掛けられた時計を見た。時計の針はちょうど二十時を指していた。

「二十時に店長の長田さんと約束してるんです」

二十時といえば、居酒屋が最も混み合う時間だ。売り上げの少ないこの店でも、開店後すぐに入って来た客の帰りと、新しく入って来た客とが交錯し、レジ前は人であふれ返っている。

そこに、また新規の客が入って来る。

「いらっしゃいませ！」

真人は客に声をかけてから、男の方へ顔を向けた。

「また日時を改めて来てもらえますか？」

「え？　でも——」

真人は男の言葉を聞かずに言う。

「この時間帯、一番忙しいんですよ」

しかし、男は懇願するように真人に食らいついてきた。

「俺一日も早く仕事したいんです。勤めてたとこ潰れちゃったんで。今日面接してもらったらすぐに——」

「すいません。また出直してください」真人は再び男の言葉を遮《さえぎ》ると、新規の客に顔を向けた。「今ご案内します！」


店が終わっても、まだ、雨は降り続いていた。

雨に濡れた路上に、赤や黄色の街のネオンが映り、ぼんやりと輝いている。いつもは騒がしい店の呼び込みの声も今日は雨の音にかき消されている。

真人は、傘をさしながら、長田がチラシを配っていた辺りを見つめた。もしかしたら、今日、来た客の中にあのチラシを見て来た客もいたかもしれない。

真人が深い溜息をつくと、まるでその溜息に反応したかのようにポケットの中で携帯電話が震えた。ディスプレイに表示されたのは妹の晴香の名前だった。

真人は電話に出て、歩き始めた。

「もしもし、久しぶり。どうした？」

「真人兄ちゃん……」晴香の声は涙に詰まっている。

真人はすぐに立ち止まり、再び「どうした？」と強く尋ねた。

「お父さんが……」

真人は弾かれたように傘を投げ捨て、走り出した。

晴香に教えられた病院まではタクシーを飛ばせばすぐの距離だった。幹線道路に出た真人は、雨に濡れながらタクシーが通るのを待った。しかし、こんな時に限って、タクシーが捕まらない。真人は痺《しび》れを切らして病院まで走ることに決めた。


真人の父、浩太郎が入院したという救急病院はこの界隈では一番大きな大学病院だった。送迎のために設けられたロータリーを走り抜け、真人は正面入り口に向かう。しかし、深夜のこの時間に開いているはずもなく、真人はすぐに他の入り口を探した。

すると表の通りから救急車がやってきて、病院の横へ回って行った。真人はすぐに、その救急車を追いかけた。救急入り口から病院スタッフが飛び出してくる。真人はそこから、病院の中へ駆けこむと、廊下を駆け抜け、階段を駆け上がり、ナースセンターで浩太郎の病室を確認した。

病室に入ると、ベッドで眠る浩太郎の横に、晴香の背中があった。

「真人兄ちゃん」晴香が振り返り、立ち上がる。

晴香は幼少の頃の事故が原因で不自由になった右足を引きずりながら、一歩、二歩と真人に近付く。

「お父さん……、倉庫で脚立から足を踏み外して……、長いこと一人で倒れてて……、覚悟してくれって……」

父親の最期かもしれない時に、真人は晴香と自分しかいない状況に気がついた。

「兄貴は？」

晴香は首を振る。「ずっと携帯の電源切れてて……」

真人は深い眠りについている浩太郎を見つめながら、四年前、自分が家を出た日のことを思い出していた。

あの日、真人の引っ越しの準備を手伝ってくれた兄の健人に真人はずっと聞きたかったことを初めて聞いてみた。

「ホントは、葬儀屋継ぐの嫌だったとか、ないの？」

健人は笑い混じりに「嫌でもなんでもしょうがないだろ」と言うと、「長男なんだから……」と言葉を継いだ。

やっぱり、兄貴はいやいや葬儀屋を継ぐんだ。真人がそう思ったことを察したのか、健人はすぐに真人の肩を叩いて笑った。

「バカ冗談だ。別に嫌じゃねーよ。母さんにも言われてたし……」

「え？」

「俺のホントの母さんの方な。『おまえは家継がなきゃフラフラするに決まってるから』って……」

井原家の五人兄弟は、長男の健人だけ、母親が違う。健人の母、淑恵《としえ》は葬儀屋という仕事を嫌い、幼い健人を置いて家を出た。その後、浩太郎は真人たちの母親と再婚をしたのだが、その母親も十五年前、幼い真人たちを残し、病気でこの世を去った。

母親が違っても健人は誰よりも兄弟思いで、兄弟それぞれの性格もよく知っている。この日も、葬儀屋を毛嫌いしていることから、浩太郎と折り合いの悪くなっている真人が、浩太郎に話しかけられずにいるのを見て、「親父に声かけてけよ」と、優しく言ってくれたのだった。

その言葉があったからこそ、あの日、真人は浩太郎と言葉を交わすことができたのだ。

浩太郎は、真人が家を出て行くことには興味がないとばかりに、趣味の盆栽いじりに没頭していた。改めて父親の横顔を見て、サイドに流れる白髪と、深く刻まれたしわが目立つようになっていることに真人は気付く。

「……俺、行くけど」

真人が声をかけても、浩太郎は盆栽から目を離さない。ずっと黙っている浩太郎の姿に、間が持たなくなった真人は、その間を埋めるように口を開いた。

「……今までありがとう」

浩太郎が盆栽の剪定《せんてい》をしていた手を止める。

「心にもないこと言うな」

見透かされた真人はそれ以上何も言えなくなる。

「中途半端な綺麗事言うんじゃねー。この家が嫌いなんだろ？　ずっと出て行きたかったんだろ？　だったらそのツラ二度と見せんな」

それが、家を出てから今日までで、真人が聞いた浩太郎の一番長い言葉だった。

三男の隼人と次女の桃子も病院へ駆けつけて来た。

「……隼人も桃子も久しぶりだな」

二人とも、真人の言葉には応えず、ただ浩太郎を見つめていた。

その時、浩太郎の目がうっすらと開いた。

「お父さん……」晴香が浩太郎の手を取る。

浩太郎の手首にはずっと昔から付けられていたお守りの数珠《じゅず》が今も付けられていた。

「親父……」

そう呟いた真人を見て、浩太郎は不機嫌そうな声を出す。

「……なんでおまえがいんだ」

真人が何も言えずにいるのを見ると、浩太郎は晴香に尋ねる。

「健は……」

どう答えたら良いかわからず、言葉に詰まった晴香に代わり、真人が咄嗟に嘘をつく。

「今、向かってる。もうすぐ着くって」

その嘘に、晴香も頷《うなず》く。

「うん、健兄ちゃんみつかったの。あとちょっとだよ？　お父さん頑張って」

二人の様子を見た浩太郎は全てを悟る。

「……そうか。死ぬのか……」

その言葉に驚いた兄弟達を浩太郎が見回す。

「おまえら……ロクなのいなかったな……。……真人」

真人は自分の名前が呼ばれたことに驚きながらも、浩太郎の目を見た。浩太郎が真人に向かって口を開く。

「葬儀屋……閉めろ……」

その言葉を最後に、浩太郎はゆっくりと目を瞑《つむ》り、息を引き取った。

晴香は泣きながら、「お父さん、お父さん」と何度も何度も繰り返し、桃子はそんな晴香に身体を寄せて、涙を流した。隼人は放心したように椅子に腰を落とした。

親父が死んだ。あの口うるさく頑固だった親父が死んだ。けれども、真人にはそれが現実のことのようには感じられなかった。

妹たちの悲しむ姿が、真人に父親が亡くなったことが現実なのだと教えてくれる。真人の頭の中に、たくさんの浩太郎の顔が浮かぶ。どれも渋い顔で笑顔など思い出せない。真人はいつもいつも浩太郎に反抗し、口を利けばケンカばかりしてきた。

――だけど、もう、そのケンカもできない。

真人は涙を流すことも出来ず、その場にただ立ち尽くすことしかできなかった。


人は死に向かって生きている。

この世に生まれた瞬間から、いつ訪れるともしれない死に向かって……。

――ならば、人はなぜ生まれて来るのだろう?

――なんのために生きるのだろう?

——その答えを見つけるために、人は今を生きるのだろうか？

浩太郎の遺体はその日のうちに井原家に運ばれた。浩太郎が営んできた『葬儀の井原屋』の従業員である田中英輔《たなかえいすけ》が病院で遺体を引き取り、井原家まで運んでくれたのだ。田中は五十代半ばで、ずっと井原屋で働いていた。前髪をかき上げたような髪形をしていていつもは顔の表情が良くわかるのだが、今日は、終始うつむいていて、その表情もわからない。

井原家は中央線沿線の駅から離れた商店街の一角にある。『葬儀の井原屋』の店舗事務所が商店街に向いて建てられており、それに繋がる倉庫と自宅は裏通りに面している。

やはり裏通りに面した小さな庭には浩太郎が可愛がっていた豆柴犬のコタローの小屋があり、主を失った悲しさにコタローが、小屋の中で縮こまっている。

仏壇のある和室と居間が庭に面しており、田中は、仏間に浩太郎の遺体を整えると、「今日はご家族で」と言い残し、静かに帰って行った。

真人は隼人と桃子と共に、居間から浩太郎が寝かされている隣の和室を覗きこむように座っていた。浩太郎の傍らに座っている晴香が、浩太郎の腕にはめられていた数珠を抜き取る。

「葬式、どうすんの？」隼人が真人に尋ねた。

「うん……」と真人は考える。「……アニキもいないし、……勝手がわかってるのは晴香だけだからなあ」

「他の葬儀屋にお願いしちゃった方が簡単だよ」

桃子のその言葉に、晴香がカッとなり、居間までやって来る。

「葬儀屋が他の葬儀屋に葬儀頼んでどうすんのよ？　私が仕切るからちゃんと協力しなさいよ！　葬儀屋の葬儀なんだからね！」

「葬儀屋葬儀屋って……」うんざりしたように隼人が言う。

「あんた達だって葬儀屋のおかげで大きくなったんだからね」

晴香の正論に、嫌気がさしたように桃子が言い返す。

「そんなこと言われても、親の職業選んで生まれてくるわけじゃないし」

「なんてこと言うのよ！」晴香はテーブルを叩く。

熱くなっている晴香に、桃子は冷たく言う。

「でもさ、お姉ちゃんだってしょうがないから手伝ってんでしょう？」

「どういうこと？」

「事故に遭わなかったら他の仕事やってたと思わない？」

自分の足のことを言われた晴香は、さらにカッとして、そばに置かれていたボウルに入った小豆《あずき》を手に取り、桃子に投げつけた。

顔面に小豆を浴びた桃子は自分も小豆を掴み「ふざけんな!」と、晴香に投げつける。

「いった〜い!」

父親の遺体が隣にある部屋で、小豆が散乱している。その状況に真人は声を荒らげた。

「いいかげんにしろ! 親父が死んだんだぞっ!」

桃子は不貞腐れたようにそっぽを向き、隼人は俯いた。

身体を真っ直ぐに真人に向けた晴香が、強い眼差しで真人に言う。

「恥ずかしくないようにしてよね、お父さんの葬儀。……お父さんの最期なんだから」

その言葉に、真人は浩太郎の葬儀を自分たちで行うことを決めた。


それからは、悲しむ間もなく時間が過ぎた。

通夜も終え、告別式を迎えた井原家には、『井原浩太郎告別式』と書かれた立派な看板が立ち、白い大きな花を湛《たた》えた花のスタンドがいくつも並んでいる。浩太郎の遺影《いえい》も棺《ひつぎ》も、焼香道具も、全て田中に相談し、真人は田中が選んだ候補の中から、どれか一つを選択するだけで良かった。

葬儀も滞りなく進行し、出棺前《しゅっかんまえ》、真人が喪主《もしゅ》として弔問客《ちょうもんきゃく》の前で挨拶をする。

「本日は、お忙しい中、井原浩太郎の葬儀にご会葬くださいまして、誠にありがとうございます」

　それは業者用の葬儀ＤＶＤで使われていた喪主の挨拶を丸暗記したものだった。真人は昨夜、ＤＶＤを再生しては巻き戻し、メモに取り、必死に憶えたのだ。

「遺族を代表し、一言ご挨拶を申し上げます。父の死はあまりに突然で、棺を閉じた今でも、信じられない気持ちです」

　真人の横には晴香、隼人、桃子が並び、少し離れて告別式を手伝ってくれた田中が立っていた。

「皆様には本当によくしていただきました。遺された私どもは未熟者でございますが、今後とも故人同様、ご指導、ご鞭撻《べんたつ》賜《たまわ》りますようお願いいたしまして、ご挨拶に代えさせていただきます」

　その時、一人の老人が喪服の人々の後ろに現れた。それは、真人が優樹に背負い投げをされた公園で、二人の様子を窺っていた老人だった。

　普段着のままの老人は辺りを窺いながら、参列者の後ろに並ぶ。

「本日はありがとうございました」

　頭を下げた真人が、顔を上げた時、参列者の後ろにいる老人と目があった。「誰だろう？」という疑問が一瞬、浮かんだが、きっと親父が生前世話になっていた人だろうと思い、真人は老人に向かって会釈をした。

その時、真人は移動する参列者の中に、一人の男の姿を見つけた。男に近付き、声をかける。

「部長――」

真人は立ち止まった林田の前に回り込んだ。

「わざわざすいませんでした」

「大変だったな……」

「いえ」真人は小さくそう答えると、ずっと気になっていたことを尋ねた。「あの……、長田さんはその後……」

忘れられない出来事だった。自分の父親が亡くなったからといって、忘れられることではなかった。葬儀などのバタバタで常に考えることはなくなっていたが、いつも頭の隅にはあった。

真人の悲痛な表情に林田は何度も頷いて言う。

「まだ入院しているけど、状態は良くなってるらしいよ」

そう言って、去っていく林田を見送ると、真人は少しだけホッとして、空を見上げた。

茶毘《だび》に付されて家に戻ってきた浩太郎のお骨を前に、商店街の面々が精進落としの会食を始める。

井原屋はずっとこの商店街の人々に支えられてきた。葬儀を挙げてくれるお客様は基本的に地元の人達だ。その為に、浩太郎は商店街の会合には必ず顔を出し、近所付き合いを大切にして来た。

ただの灰になってしまった浩太郎を見つめていた真人に、花屋の香川夕子《かがわゆうこ》が声をかけて来る。香川生花は井原屋と契約している花屋で、葬儀用の花はいつも香川生花が用意している。夕子は言いたいことを我慢せずに口にする気の強い性格で、商店街でも有名な女性だ。

「マー坊、喪主の挨拶、立派だったよ。さすが葬儀屋の息子だねえ」

真人はＤＶＤを暗記しただけだとも言えず、「どうも」と曖昧な返事をした。

「健ちゃんから連絡は？」

「いえ……」

「じゃあ、これから葬儀屋どうすんの？」

香川生花としても、大口の取引先である井原屋の存続は気になるのだろう。夕子は真人に詰め寄るようにして言葉を重ねる。

「マー坊が継ぐの？」

「え？」

「隼人くんも大学生だし、桃ちゃんも高校生だしねえ」

突然、自分の名前を出された隼人は、「無理っす無理っす」と夕子に背を向け、桃子は聞こえていないかのように、黙々と目の前の料理を食べ続けた。

真人はそんな二人を見ながら、率直な思いを口にする。

「自分も会社で色々任されてて立場もあるんで、店は閉めることになると思います。親父も閉めろって言ってたし……」

「そう」夕子は寂しそうに言った後に何かを閃《ひらめ》いたように声をあげた。「でも晴ちゃんは？ 仕事なくなっちゃうじゃない」

そう言われて、初めて真人は晴香の仕事のことを考えた。晴香は足のことがあるから、家の仕事である葬儀屋を手伝っていたのだ。

しかし、それを聞いていた晴香が明るい笑顔を見せる。

「大丈夫ですよ～、私、アテありますから！」

真人には本当に晴香にアテがあるのかどうかはわからなかったが、それを確認することもできなかった。


夜になって、真人と晴香は、井原屋の従業員、田中に居間へ来て貰った。葬儀屋を閉めるなら、田中にはちゃんと話をしなくてはいけないと思ったからだ。

晴香が田中に頭を下げる。

「田中さん、申し訳ないんですけど今週でもう……」

田中は頭を下げる晴香を手で制しながら言う。

「大丈夫ですよ。あ、でも残務整理も挨拶回りもありますし、今週いっぱいはいますよ」

「すいません」晴香は再び頭を下げた。

「あの、今後は……」真人は心配そうに尋ねた。

「社長のご友人の葬儀社に、うちに来ないかと声をかけていただきました」

「よかった！」

田中とずっと一緒に仕事をして来た晴香はホッとして喜んだ。

真人は居住まいを正すと、「田中さん、色々ありがとうございました」と頭を下げた。

「急に喪主を務めることになってしまって、大変でしたね」田中は疲れた表情でいる真人に言った。「すみません……ちゃんと悲しませてあげられなくて……」

その意味が良くわからず、真人が「え？」と言葉を漏らすと、田中が続ける。

「井原屋に来たばかりの頃、社長に言われたんです。遺された人がちゃんと悲しめるご葬儀をするのが、私達の仕事だって……」

田中が涙を零《こぼ》すのを見て、晴香も涙を零した。

真人は、浩太郎の仕事への思いを初めて聞いた気がして、浩太郎の遺影を見つめた。葬儀屋の仕事はそんないいものじゃない。真人はそう思いながらも、口をつぐんで、遺影を見つめ続けていた。

翌日、昼近くになって庭から「クーンクーン」と、豆柴犬のコタローの声が聞こえて来た。真人が確認すると、兄弟の誰も餌をやっていない。

真人はコタローの餌皿を持って縁側から小さな庭に下りると、その隅にあるコタローの犬小屋を覗いた。

「ホラ、餌だぞ」

すると、コタローは餌とは違う方向を向いて、再び「クーンクーン」と声をあげた。

「コタロー、どうした？」

真人がコタローが向いている方向を見ると、そこに老人が立っていた。

「……かわいいやつだ」

その老人が、昨日、告別式の最後にやってきた老人であることに真人は気付いた。

「あ、……あの、葬儀にも……」

老人は黙って真人を見つめた。

「すいません、どちら様で……」

「……岩田《いわた》です」

「岩田さん……。……父の知り合いの方ですか？」

岩田は頷きながら、「ハサミ、あるかね」と、庭に置かれた盆栽に目を向けた。

真人が縁側の隅に置かれた道具箱からハサミを取ると、岩田は真人に「やってごらん」と、盆栽の手入れをするように言った。

父親が世話になった人かもしれないと思うと、邪険《じゃけん》にするわけにもいかず、真人は言われるままに盆栽にハサミを向けた。

「そうそう、それを切って。二ミリだ二ミリ」

「二ミリ……」

真人が盆栽の枝にハサミを入れる。

その姿に、岩田が満足そうに頷いて、縁側に腰を降ろす。

「……それ、桜だぞ」

「そうですか……」

真人の気のない返事に、岩田は並んでいる盆栽に目を向けた。

「盆栽、愛が溢《あふ》れてるねぇ」

「え？」

岩田が真人へ目を向ける。

「で、どうすんの葬儀屋」

「ああ」真人は立ち上がって岩田へ近づく。「……閉めます。親父も潰せって言ってたし、兄貴もいないし、俺は働いてるし……」

「いいって、そんなに理由並べなくて……。家が嫌いなら嫌いって、はっきり言えばいいんだよ」

「だって葬儀屋ですよ？　子供の頃からロクな目にあわなかった……」

真人はハサミを置いて続けた。

「中学の頃、すげー仲いい親友がいて……。そいつ、長い事入院してて、病気で死んじゃったんです……。その直後に俺、病室に行って……、そしたら親父が来て、……息子を亡くしてすぐの家族に、営業してました」

岩田は黙って真人を見つめている。

「……嫌な仕事だなあって思った。夜中に掛かってくる電話も、明け方に出かけてく親父も、線香の匂いも、何もかもを嫌だと思った。さっきまで笑ってたのに、電話に出る親父の顔が、無意識なんだろうけど、妙に神妙になるっていうか……、それもわざとらしく思えて、……たまらなかった」

岩田が立ちあがり、盆栽を見ながら言う。

「兄貴がいてよかったって、内心ずっと思ってた？」

「はい。……親父、俺たちの母親とは再婚で、兄貴は前の奥さんの子供なんで、母親は違うんですけど……」

「お母さんもねえ」岩田はしみじみと呟く。「……十五年前か」

「はい、亡くなって十五年です」

「……必ず死ぬのに、どうして人は生まれて来るんだろうねえ」

岩田は空を見上げた。

そんな岩田の背中に、真人はひとり言のように話しかける。

「……親父には感謝してます」

「……なにを」岩田は驚いたように真人を見る。

「ずっとひとりで育ててくれて。ありがとうって思ってます」

「君も本当に綺麗なこと言うねえ」

岩田の意外な言葉に真人はうろたえる。

「え、いやホントに思ってます」

「ははは。『ありがとう』なんて思ってる顔じゃないって。親父さん、そりゃ全部お見通しだよ」岩田は深く頷くと、コタローの頭を撫でた。「じゃあな、コタロー」

真人は面白くなくて、出て行こうとする岩田をただ黙って見送った。

その時、岩田が「あっ」と声を出して足を止めた。

「遺言、あった？」

「遺言……？」

「君んちって、金庫とかないの？」

真人はすぐに晴香に金庫の中を確認させた。すると、岩田の言っていた通り、中から浩太郎の書いた遺言らしき手紙が出て来た。

晴香、隼人、桃子が見つめる中、真人がその手紙を読む。

「もし、私が死んだ場合――」

どんなことが書かれているのかわからない、変な緊張感で、声が掠《かす》れる。それでも、真人は気にせず、続きを読んだ。

「事務的な手続きなどは、全て長女の晴香に託《たく》す」

一枚目にはそれしか書いていなかった。その手紙を晴香に渡すと、真人は続きを読み始める。

「……健人」

二枚目の最初に書かれていたのは、健人宛の言葉だった。

「一生懸命、葬儀屋を手伝ってくれたな。お前の家はここだ。それを忘れるなよ」

浩太郎がそんな言葉を残した健人は今は家にいない。

「……真人」

父親が自分にどんな言葉を残しているのか、真人は緊張しながら読み進める。

「お前は勝手に生きろ。自由に生きろ。ただ自分の人生が好きだったと思えるような生き方をしろ」

浩太郎からの真人への言葉はそれだけだった。

「晴香」

真人が晴香を見る。

頷いた晴香を見て、浩太郎の手紙を読み進める。

「……幼い頃、親の不注意で事故に遭わせてしまい、後遺症を残してしまったことを、心から申し訳なく思っている」

晴香は首を横に振りながら頭を下げた。

「隼人――」

隼人が返事をするように「おっ」と声を上げる。

「まっすぐに人を思うだけが能じゃない」

胡坐《あぐら》をかいている隼人は首を傾げるようにして、身体全体で頷いた。

「桃子」

真人は桃子を見る。桃子は俯いたまま、黙って真人の声を聞いていた。

「全てが手に入ると思ったら大間違いだ。世の中には道理というものがある」

読みながら、真人は浩太郎の意外な一面に驚いていた。こんな言葉を残すとは、まったく思っていなかったのだ。

「人は、死を嫌う。自分の大切な人が消えてしまう死を、心から恐怖に思う」

次の一文を見て、真人は一瞬読むのをためらった。しかし、晴香たちの目に圧され、ゆっくりと声を絞り出した。

「だから葬儀屋は嫌われる」

晴香が目に溜めていた涙をテーブルの上に零した。桃子がそれを気遣い、ティッシュペーパーを二枚抜き取って、晴香に渡す。

それを見て、真人は続ける。

「もし私に突然の死が訪れた時、覚悟を持ってこの井原屋を背負ってやってゆく者がいない場合は、廃業してください。……以上。井原浩太郎」

真人は手紙を封筒に仕舞いながら、全員の顔を見た。浩太郎からの言葉にそれぞれが、それぞれに、様々な思いを抱いているようだった。

真人は胡坐をかいた自分の膝を拳で叩きながら、自分の中で決めていた答えを伝える。

「それで、これからのことなんだけど……。兄貴もいないし、残務整理が終わったら、親父の言う通り葬儀屋を廃業しようと思う」

隼人と桃子は頷いたが、晴香だけは納得のいかないような表情を浮かべていた。

数日後、ようやく家のことが落ち着いた真人が出社すると、すぐに林田に会議室へと呼びこまれた。

椅子に座った真人の前に、林田は一枚の紙を差し出した。それは真人が書いた業務日誌のある一日のページだけがファイルから抜き取られたものだった。日付は七日前。長田店長がマンションから飛び降りる前日のものだった。そこには真人が書いた文字で次のように記されている。

『長田店長とミーティングを持ち、前月度の赤字について、今月度のノルマについてを厳しく追及、指導した』

当日のことが思い出され、真人は胸が苦しくなる。

林田が真人に確認をする。

「これは長田店長が飛び降りた前日の日誌だな」

「はい……」

林田は新しい業務日誌と、ペンを真人の前に置いた。

「……書き直してくれないか」

「え……」

「遺書がなかったのは不幸中の幸いだ」

少し考えて、真人には林田の考えがわかった。今後、もし長田に何かがあっても、会社の責任を追及されるようなことはあってはならないと考えているのだ。

何も言わずにいる真人に、林田は強い口調で説き伏せるように言う。

「これからの人生、他人に後ろ指をさされて生きたいか?」

真人は林田を見上げた。真人のことを思っているような言葉。しかし、それは全て会社のため。会社のために働いて来た人間のための言葉ではない。

会議室に一人残され、真人は真新しい業務日誌と向き合った。

ペンを手に取り、一字ずつ、しっかりとした文字で書きこんでいく。

『長田店長は、終始笑顔で前向きな』

そこまで書いて、真人は手を止めた。真人の脳裏にチラシを配る長田の姿と、自分が長田に浴びせた冷たい言葉が渦を巻いて回っていく。


その頃、坂巻優樹も書類の作成に奮闘していた。

警視庁高円寺署の刑事課で、優樹は昨夜起きた窃盗事件の報告書を作成しているのだ。

並べられたグレーの事務机の上はどこも乱雑にものが積まれていて、それは刑事課の紅一点である優樹の机の上も変わらなかった。大きな窓があるにもかかわらず、窓際に並べられたロッカーの上にも物が積み上げられ、部屋の中は昼間でも薄暗い。

念願の刑事課に配属されたものの、優樹にはこれといった手柄はまだなく、先輩刑事について行った捜査の報告書を作るのが主な仕事になっていた。他の部屋で付けっぱなしになっているラジオが交通情報を伝えているのを聞きながら、優樹は苦手な文章作りに挑んでいた。

長い間パソコンの画面を見ていたために、目が疲れる。

優樹がパソコンから目を逸らし、目の周りの筋肉を両手で揉みほぐしている時、誰かが優樹を呼んだ。

「優樹ちゃん」

優樹が振り返ると、そこに一人の男が立っていた。

「木野原さん！」

木野原義男《きのはらよしお》は、亡くなった優樹の祖父の後輩刑事で、よく、優樹の家にも遊びに来ていた。優樹が刑事になりたいと言った時、一番応援してくれたのもこの木野原だった。

「どうしたんですか？」

駆け寄る優樹に木野原は笑みを漏らす。

「署長と打ち合わせがあってね。元気にしてるかい？」

「はい！　木野原さんもお元気でしたか？」

「ああ。それにしても、おじいさん、天国でびっくりしてるんじゃないか？　優樹ちゃんが立派な刑事になって」

まだまだ立派な刑事ではないと、優樹は笑った。

それでも木野原は、感心したように声を出す。

「おじいさんと同じ道だもんな」

「……はい」

笑顔で優樹に別れを告げ、去って行った木野原の後ろ姿を見ながら、優樹は大好きだった祖父の笑顔を思い出し、また、思い出したくない過去を思い出した。胸の辺りが重くなり、鼓動が早くなるのがわかる。

「おじいちゃんごめん。ごめんなさい」

優樹は心の中で、何度も祖父に謝った。この五年間、ずっとそうして来たように……。


長田の入院している病院は区営の総合病院だった。鉄筋コンクリート四階建ての古い建物は、打ち放しのコンクリートが黒ずみ、建物自体が大きな影のように見えた。

長田の見舞いは会社から禁止されていた。しかし、真人はどうしても長田のもとを訪ねたかった。会って、何をしたいのかは自分でもわからない。ただ、何もなかったように、無視し続けることなど自分にはできないと思ったのだ。

結局、何も記入できなかった業務日誌を林田の無人のデスクの上に置いた時、真人はデスクの上に置かれていた長田に関する書類から、病院名と病室の番号をメモしてきた。

真人はそのメモを頼りに薄暗い病院の中を歩いた。蛍光灯の色よりも非常口を知らせる緑色の方が強く光るエレベーターホールでエレベーターを待ち、音を立てて開くエレベーターに乗り込んだ。階数を指示するボタンは、白く飛び出た丸いもので、かなり年季の入ったものだった。そのボタンで「4」を押すと、真人は俯き、深く息を吐いた。

四階の廊下は思ったよりも明るかった。窓から入り込む日差しが、廊下に反射し眩しい。その中をコートを脱いだ真人がゆっくりと歩いて行く。

『長田栄司』のネームが貼られた扉が見える。

真人は足を止め、緊張の面持ちでその部屋の中の様子を窺った。

そこに、廊下をバタバタと走る数人の足音が響いて来た。真人が振り返ると医師と数人の看護師がやって来る。彼らは目の前に立つ真人の存在など気付かないように、長田の病室へ飛び込んだ。

「長田さん？　長田さーん？」

看護師が呼びかける声が廊下に響く。

医師と看護師の間に専門用語と様々な数字を使った言葉が飛び交い、やがて、心電図の乾いた音がピーと鳴り響いた。

真人は開いたドアの隙間から恐る恐る病室を覗いた。ベッドに横たわる長田には、呼吸器が付けられ、何本かのチューブが腕に伸びていた。

その長田の腕を取り、脈拍を確認していた医師が長田の腕を置き、傍らにいる長田の母親らしき人に頭を下げる。医師に頭を下げられた女性は長田にすがりつき「栄司」と絞り出すような声で長田の名を呼び、泣き崩れた。

真人はよろよろと二、三歩後ずさり、逃げるようにその場を走り去った。


それから数時間の記憶はなかった。

病院を走り出た真人は何処かの立ち飲み屋で煽《あお》るように酒を飲み続けた。どれだけ飲んでも酔えない気がした。それでも、陽が落ち、店を出ると身体はふらついていた。真っ直ぐに歩けなかった。焼けるように喉が渇いた。ふらついてぶつかった自動販売機で、さらにビールを買い、喉を冷やす。口からこぼれたビールの冷たさも気にならなかった。

気が付くと、真人は地下鉄のホームに立っていた。駅の時計は二十四時をまわったところだった。記憶がないままに、家に帰ろうとしていた自分がおかしかった。

歩き出そうとして、足元がふらついた。

その時、誰かが真人の腕を掴んだ。自分の腕を掴む手を見て、真人は顔を上げる。

そこに、優樹が立っていた。

「……どうしたの？」

心配そうに真人を覗きこむ優樹の目に、真人はその場にしゃがみこんだ。

ホームの端のベンチに座り、真人は優樹に全てを話した。話しながら、真人はずっと誰かに聞いて貰いたかったのだと思っていた。

話を聞いた優樹が「……自殺」と呟く。

「……俺の、俺のせいで……」

再び、俯いた真人に優樹は静かに言う。

「……遺書がないなら、その、店長の自殺の原因が何かは、はっきりとはわからない」

「だけど……」真人は首を横に振った。

そんな真人の言葉を継ぐように優樹が尋ねる。

「追いつめていたことに、変わりはない？」

真人は黙って優樹を見つめた。

「今、できることをみつけなよ」

「そんなの……」

「まさぴょんは、勇気ある人だよ」優樹は真人に言い聞かせるように話し続けた。「ここで私のこと助けてくれたじゃない。勘違いだったけど、自殺しようとしてる人にあゝいうこと言うなんて、フツーなかなかできないよ、すごいよ」

「……」

「だから諦めないでみつけなよ。諦めなければ、よかったって思える日がいつか来るって、そう言ってくれたのはまさぴょんだよ」

優樹は真人を見て、にこりとほほ笑んだ。


優樹と別れた真人は、自分の部屋へは帰らず、実家へと戻った。四十九日の納骨を控え、浩太郎の遺骨がまだ安置されている仏間に寝転がり、優樹に言われたことを考えていた。

「今、できることをみつけなよ……」

自分に今、できることは何なのか？　自分が今、亡くなった長田のためにしてあげられることは何なのか？

やがて、空が白み始める。

真人は天井を見つめていた視線を仏壇の方へ落とした。仏壇の前に中陰壇《ちゅういんだん》が置かれ、その上に浩太郎の遺骨と遺影が安置されている。遺影の前には晴香が浩太郎の腕から抜き取っていた、浩太郎のお守りの数珠が置かれている。その時、仏壇の下に小さな箱があるのを真人は見つけた。起き上がり、その箱をひらくと、中には丸められた画用紙が入っていた。

その画用紙をひらいたとき、真人の頭の中に、浩太郎が残した遺言の一文が蘇《よみがえ》って来る。

「自分の人生が好きだったと思えるような生き方をしろ」

今のままで、自分は自分の人生を好きだったと思えるだろうか？　自分の人生を好きだったと思って死んでいくことは難しいかもしれない。しかし、自分の人生を嫌な人生だったと思って死んでいくようなことだけはしたくない。

起き上った真人は、浩太郎のお守りの数珠を手に取ると、鴨居《かもい》に掛けてあったスーツを手に取り、着替え始める。ワイシャツに袖を通し、紺のネクタイを丁寧に結んでいく。最後に真人は上着の代わりに、浩太郎がずっと着続けていた『葬儀の井原屋』の刺繍《ししゅう》が入ったジャンパーを着た。

身なりを整えた真人は、遺影の前に置かれた鈴《りん》を一つ打ち、浩太郎に手を合わせると、家を出て行った。


真人は長田の亡くなった病院の霊安室の前までやってきた。大きく息をつき、覚悟を決めると、真人は扉を開け、霊安室の中へと入った。

霊安室の中には、呼吸器やチューブを外され、綺麗な姿に整えられた長田が横たわっていた。その横に置かれた椅子には長田の母、長田光江《みつえ》が息子の亡骸《なきがら》を呆然と見つめて座っている。

顔をあげた光江に、真人は頭を下げる。

「……どちらさまですか？」

真人は顔をあげ、憔悴《しょうすい》した光江を真っ直ぐに見つめた。

「……井原といいます。……葬儀社の井原屋と申します」

光江は、「ああ」と呟いて、再び視線を長田へ戻した。

そんな光江に真人はもう一度頭を下げる。

「この度は、……ご愁傷様《しゅうしょうさま》でした」真人は顔を上げる。「あの……、私どもに、ご子息のご葬儀をあげさせてください。精一杯……精一杯お手伝いさせていただきますので、お願いいたします」

真人の顔をじっと見上げていた光江は、その視線を力なく落とすと「お願いします」と消え入りそうな声で呟いた。

家に戻った真人は、店を閉める準備を始めている晴香と田中に「一件、葬儀の依頼を受けて来た」と告げた。

「え？　どういうこと？」晴香が目を通していたファイルから顔をあげてさらに聞く。「店、継ぐの？」

嬉しそうな晴香の顔を見て、真人はすぐに申し訳なさそうな顔をする。

「いや、そうじゃなくて……。この一件だけ……」

晴香はあからさまに落胆して、訝《いぶか》しむ。

「なんで？」

「……知り合いなんだ」

その言葉に晴香は作業を続ける田中を見る。

「でももう田中さんも次の職場行くんだし、これ以上迷惑掛けることなんて――」

「手伝いますよ」田中は晴香の言葉を遮るように言った。

田中は、手を休め、真人を真っ直ぐに見つめた。

「井原屋、最後の仕事です」

「田中さん……」真人は田中の思いに感謝し、頭を下げた。「ありがとうございます」

顔を上げた真人の顔には、この葬儀だけは自分がやり遂げるんだという決意の表情が見て取れた。


しかし、真人にとっては初めての仕事で思うようにはいかなかった。葬儀のマナーやしきたりも何も知らず、田中と晴香が手際よく準備を進めて行くのをただ見ていることしかできない。

長田家は古い一軒家で、庭もあり、葬儀を行うには十分の広さだった。病院から引き取って来た長田の遺体を和室の布団に北向きに寝かせ、田中と晴香が枕元に枕飾りを整える。白木の台に白布をかぶせ、香炉、燭台、しきみの入れられた花瓶を置く。

真人が気を利かせたつもりで、線香を取りに、遺体の頭の上を通ると、晴香が小さな声で怒鳴る。

「ちょっと！　ご遺体の頭の上を通るなんて……。足元まわってよ」

全ての準備が整ってから、遺体の安置された部屋に家族を招き入れる。長田家は長田と光江の二人暮らしだったらしく、部屋に入って来たのは光江だけだった。

晴香が光江に小さな袋を差し出した。

「枕団子用の上新粉を用意させて頂きましたのでお使いください」

枕団子は、亡くなった人のために枕飾りに置く団子で、家人が作る習わしになっている。浄土真宗以外の仏教で用意され、関東では二、三センチの大きさの団子を六個用意するのが一般的だ。

光江にご飯を炊いて貰い、枕飯としての一膳飯と浄水も用意する。真人はもっぱら、それらを運ぶことを手伝っていた。

枕飾りが整い、僧侶が枕経を上げると旅支度を整えた長田の遺体は棺の中に納められた。

光江は長田が愛用していたというマフラーを棺に入れながら、ポツリポツリと喋り出した。

「……結婚もせずに、子供も遺さないで……。この子……、仕事、……辛かったと思うんですよ」

その言葉が真人の胸に突き刺さる。

「死ぬほど辛かったと思うんです。たった二人の親子なのに、……子供が親より先に逝くなんて、こんな親不孝なこと……。どうして自殺なんて……」

真人は最後に長田に会った日のことを思い出していた。店の売り上げが悪く、年下の社員から叱責《しっせき》されている、そんな状況の中でも、長田は親のことを思い、霊柩車を見て親指を握りしめていた。親の死に目にあえなくなる、と……。

その時、真人の頭に疑問が浮かぶ。

――親の死に目にあえなくなることを気にする人が、自殺なんてするのだろうか？

翌日、警視庁高円寺署で、優樹は今日もパソコンに向かい報告書を作成していた。作業の手を止め、パソコンの横に置いてあるファイルを手に取る。それは、長田の自殺に関する資料だった。

優樹は、自分を責め苦しんでいる真人のために、自分に何かできることはないだろうかと考えていたのだ。

そこに「坂巻」と優樹を呼ぶ声がして、先輩刑事の長峰潤《ながみねじゅん》が入って来る。背の高い長峰が、かがむようにして、優樹の手元を覗きこむ。

「それ、この間のマンションで起きた自殺の資料？」

「はい。……何か？」

「いや、なんか担当の葬儀屋さんが詳しい事知りたいらしくてさ」

「葬儀屋さんが？」

優樹は資料を手に、その葬儀屋が待つ会議室へ向かった。葬儀屋が、故人の死を気にして警察に来ることなど滅多にあることではない。遺体に何か変わった点でも見つかったのだろうか？

優樹がそんな思いで会議室のドアを開けると、そこには真人が座っていた。

「え？」

「あっ……」真人も声を上げる。

「葬儀屋!?」

　真人は井原屋のバンを運転しながら、助手席に座る優樹に父親が亡くなったことを話し、父親が営んでいた葬儀屋で自分が長田のために葬儀をあげるつもりなのだと話して聞かせた。

　優樹は「そっか」と俯き、「大変だったね」と、真人を気遣う言葉をかけてくれた。

　そんな優樹とは対照的に、真人はあっけらかんとしたように答える。

「いやそれが……なんか全然実感なくて。社会人になってからほとんど会ってないし……、涙も出ない」

「そっか……」そう呟いてから、優樹は笑顔をつくる。「あ、でもサラリーマン家庭って言ってなかった？」

「覚えてんのか……」

「一瞬でもいい人だと思った私がバカだった」

「子供の頃から気味悪い、縁起悪いって言われてんだよ」

「ただモテたいだけじゃん」

　確かに、人の目を気にしているだけだと言われればそうなのかもしれない。真人がそう思っていると、優樹が探るように尋ねて来る。

「で、なんで詳しいこと知りたいわけ？」

「理由がなきゃダメなのかよ」

「お連れしますよ、仕事ですから……」

優樹がそっぽを向くように言うと、真人は「お願いします」と、軽く頭を下げた。

そのマンションは休日になれば、草野球やサッカーで多くの人が集まる河川敷のそばに建てられていた。五階建ての古いマンションで、真っ直ぐに伸びる白い外壁が屋上まで続き、屋上部だけ少し横に飛び出し、えんじ色に塗られている。

真人と優樹はエレベーターで五階まで上り、さらに屋上へ続く階段を上った。屋上に出るためのドアには施錠はされておらず、いつでも誰でも屋上へと上がることができた。

優樹が資料を手に説明する。

「発見されたのは日曜日の午前八時すぎ。犬の散歩をしていた主婦が地面に倒れている長田さんを見つけて通報。争った形跡はナシ」

真人は屋上を見回した。今、自分たちが出て来たドアのある壁には、子供がボールでも当てているのだろうか、軟式の野球ボールのあとがいくつも残されていた。

屋上には何もなく、周囲を囲むようにフェンスが設けられている。自ら乗り越えなければ、フェンスを越えることはできそうになかった。

「死亡推定時刻は午前六時から八時の間。残業して仮眠を取ってお店出ると、それくらいの時間になるらしいね」

　真人は周りの景色を見渡した。ゆっくりと流れる川を臨むようにいくつものマンションが建てられている。そのほとんどが、このマンションよりも高い高層マンションだった。

「ここに……、どうして来たんだろう……」

　もし、自殺をするなら、ここより高いマンションを選ぶこともできたはずだ。それとも、簡単に屋上に上がれるマンションは他にはなかったのか。

「日曜の朝、長田さんがそこの河川敷で、よく草野球の練習を眺めてたっていう目撃情報はあったみたい。ここから飛び降りる瞬間を見た人はいないけど……」

　真人と優樹は屋上から降り、倒れている長田が発見された場所へ向かった。長田が亡くなったことを知った人がやって来たのだろう。黒ずんだアスファルトの上に色鮮やかな花が手向《たむ》けられている。

　真人と優樹もその場にしゃがみ込み、手を合わせる。真人が目を閉じる横で優樹が「あれ？」と声を上げる。

　真人が目を開けて見ると、優樹が手向けられた花束の辺りを見ていた。

「コレって、お供え物かな？」

　そこには飴玉《あめだま》が一つ転がっていた。

その飴玉を見て、真人はすぐに気がついた。それは、長田が店のレジの横に置いていたものと同じものだった。

その時、真人はマンションの入り口から自分達を見ている男の子がいることに気がついた。真人と目が合うと、男の子は走ってマンションの中へ消えて行った。

立ち上がってマンションの入り口を見つめる真人に優樹が「どうしたの?」と尋ねる。

「いや、今、男の子がこっちを見てたから……」

「もしかして、この飴、その子が……?」

真人と優樹がマンションのホールへ向かうと、エレベーターは五階を示していた。

二人が五階でエレベーターを降りると、屋上へ続く階段から、ボールを壁に打ち付ける音が響いて来た。

屋上へ出ると、先ほどの男の子がボールで壁当てをしていた。

「相手、してやろうか?」

真人の誘いに、男の子は笑顔なく、頷いた。

真人はキャッチボールをしながら今野友也《こんのともや》というその男の子と話をする。

「いつも誰とキャッチボールしてるの?」

真人が投げた球を友也が受ける。

「おじさん。……でも、死んじゃった」

黙ったままの二人の間をボールが行き交う。

何球か投げ合って、真人が聞く。「飴……、君がお供えしてたの？」

「うん。おじさんにいっつももらってたから」

二人のキャッチボールを見守っていた優樹が友也に尋ねる。

「どうして仲良くなったの？」

友也は少し俯いてから答える。

「うちにはお父さんがいないって言ったら、……日曜日の朝、一緒にキャッチボールやろうって……」

「このマンションの屋上で？」優樹が周りを見渡しながら言った。

「うん。日曜日、川の近くは草野球やってるから」

キャッチボールをしながら、真人は不思議な感覚にとらわれていた。この少年の雰囲気がどことなく長田に似ているせいで、真人は長田とキャッチボールをしているかのような気持ちになってしまったのだ。

その時、友也の投げたボールが大きく反れてフェンスの外に転がってしまった。友也はすぐにフェンスに駆け寄り、隙間から手を伸ばした。しかし、身体が小さく腕の短い友也には手が届かない。

真人が手を伸ばし、拾い上げたボールを渡すと、友也は「ありがとう」と言って、続けた。「この前、買ったばっかのボールもそっちに行っちゃったんだ」

「どの辺?」と真人はフェンスを乗り越えた。

「そこ」と友也が指を指す。

しかし、そこにボールは落ちていなかった。

「……ないぞ」真人は言いながら、屋上から下を覗き見た。

振り返って優樹を見た真人に優樹も頷く。

二人はすぐにマンションを駆け下り、友也のボールを探した。自転車置き場の屋根の上や植え込みの奥、側溝の中など、マンションの敷地内を必死に探す。

真人は屋上を見上げ、もしボールが落ちたらどの方向に跳ね、どこへ転がって行くのかをイメージする。マンションから道を挟んだ反対側にも植え込みがある。真人はその植え込みへ走った。道を渡る時、通りかかった車にクラクションを鳴らされる。

植え込みに両手を入れ、植木の枝を掻き分ける。そこに真っ白いボールはあった。

「あった……」


真人と優樹は長田家の台所にいた。ダイニングテーブルに座る二人の目の前には光江が座っている。

優樹が光江に刑事だと名乗ると、光江は「警察の人が今頃、何か……？」と不思議そうな顔をして、優樹の目を覗いた。

優樹はビニール袋に入れられたボールを光江の前に置く。

「鑑識《かんしき》の結果、長田さんの指紋がこのボールからみつかったんです」

優樹の言わんとしていることが理解できず、光江は「どういうことでしょう？」と、説明を促した。

「このボールを見つけるきっかけになったのは、この飴です」

優樹はポケットから飴を取り出し、ボールの横に置いた。

それを見た光江が声を漏らす。

「それ、あの子の好きな……」

「この飴が、長田さんの発見現場に供えてありました」

光江が話の続きを待って黙っているのを見て、優樹は続ける。

「長田さんはあの日曜日の朝、友也くん、……この飴をお供えしていた小学生が住んでいるマンションの屋上に行ったんです」

話を聞きながら、真人は長田の屋上での行動を想像する。

「長田さんは友也くんを待っている間に、フェンスの向こうに落ちていた新品のボールに気づいたんだと思います。それが友也くんのボールだと考えた長田さんは、そのボールを取るために、フェンスを乗り越え、ボールを取ろうとして、バランスを崩したのではないでしょうか……」

光江は声もなく驚いて、ボールを見つめていた。

「……つまり、長田さんの死は事故死の可能性もあるということです」

光江はボールに手を伸ばし、袋の上から両手で握りしめた。

「指紋が残されたこのボールは、五十パーセントの確率で自殺ではなく事故死だったと示す証拠ということなんです」

優樹の話を聞き、涙を零した光江を見て、真人が口を開く。

「だけど……」

真人と光江の目が合う。

「だけど俺は百パーセントだと思っています。長田さんは、事故死です」

光江は不思議そうな顔をする。

「……どうしてですか？　葬儀屋さんがどうしてそんなことを言い切るの？」

黙っている真人に光江が詰め寄るように言う。

「あなたがあの子のなにを知っているの？」

俯いている真人を優樹が心配そうに見る。

「……店の前を」真人がゆっくりと話し出す。「店の前を霊柩車が通った時……、店長は親指を隠していました。……親の死に目に、あえなくなるからです……」

真人は顔をあげて、光江の顔を真っ直ぐに見た。光江はただ黙って話を聞いている。

「そんな長田さんが、お母さんより先に死を選ぶとは思えません」

零れ落ちそうになる涙をこらえながら、真人の話を聞こうとする光江に、真人は事実を正直に伝え始める。

「俺……」真人の目からも涙が溢れそうになる。「私は……嘘をついていました。私は、……卑怯《ひきょう》な人間です」

真人は俯き黙ってしまう。

しかし、光江も優樹も真人の言葉を待った。

真人は再び、顔を上げる。

「仕事で長田さんを辛い目に遭わせていたのは、私なんです……。自殺じゃないって思いたかった……。長田さんのためになんて思いながら……、自分を守るために、自殺じゃないっていう証拠を探したかったんです。……申し訳ありませんでした」

真人は深く頭を下げて、もう一度謝罪する。

「本当に申し訳ありませんでした……」

頭を下げ続ける真人に光江が静かに言う。

「……知ってました」

驚いて顔をあげた真人に光江は頷く。

「私、会社を訴えようと思っていたんです。だから同じ会社のあなたが何をしようとしているのかを見ていた」

真人はもう一度頭を下げてから席を立つ。

「すみませんでした……。長田さんのご葬儀は他の業者に……。私が責任を持って――」

「ここまで来て放りだすんですか？」光江が強い口調で問うた。

その問いに真人は正直に答える。

「本当は……最期まで見届けたいです。俺が長田さんにできる事はこれしかないから……。でも――」

「それは本心なんですか？」

「……はい」

「だったら……、息子の最期をあなたに預けます。あなたが葬儀をやって下さい」

真人はもう一度、深々と頭を下げて部屋を出て行った。

真人は、長田の告別式の準備を進めた。

生花に囲まれ、棺の中に収められている長田の前で、真人は喪主となる光江のサポートをした。生花の並びや挨拶してもらう人の確認などを光江と共に行い、わからないことがあれば、すぐに田中や晴香に確認をした。

告別式の準備が整った時、真人はもう一度、長田の棺の前に立った。目を閉じ、両手を合わせてから、小さく息を吐くと、ゆっくりと長田に向かって頭を下げて合掌した。

頭を上げ、真人が振り返った時、その様子を見つめていた喪服姿の光江と目が合う。

「では、始めさせていただきます」

真人が司会を務める晴香に頷くと、晴香が告別式を始める挨拶をする。

僧侶の読経が響き、集まった親族に続き、知人が焼香をしていき、晴香が「最後のお別れです」と告げる。

棺が閉じられる前に光江が長田の顔をもう一度見る。光江は持っていたボールを棺の中に入れた。

「さよなら……。またいつかね……」

真人はその様子を少し離れた場所からじっと見つめていた。気が付くと、自分の横に優樹が立っていた。

それから数時間後、長田はお骨になって戻ってきた。長田の骨壺を抱いた光江が真人と優樹の元へ歩み寄って来る。

二人は光江と姿の変わった長田に頭を下げた。

「悲しいです。私はただただ悲しいです」光江は真人を見つめる。「あの子……、本当にそそっかしくてねえ」

光江はそこで笑おうとして、涙を溢れさせた。

「……こうして心から悲しめるのは、あなたのおかげです」

光江はポケットから飴を取り出し、真人に渡すと、ゆっくりと頭を下げた。

「ありがとう」

真人も溢れそうになる涙をこらえながら、光江に深く頭を下げた。


翌日、真人は仏間でじっと浩太郎の遺影を見つめていた。真人は立ち上がり、もう一度、家の中に誰もいないことを確認すると、小さく咳払いをする。

「それでは……、遺族を代表して、一言ご挨拶を申し上げます」

真人は持っていた丸められた画用紙を取り出した。それは長田の葬儀の準備をしている間に浩太郎の机の中から見つけたものだった。丸まった画用紙をゆっくりと開く。そこには、霊柩車と黒いネクタイを締めた男の絵が描かれており、その下は、子供の文字で文章が綴られていた。

「……『父の日』『二年三組、井原真人』」

十八年前、父親参観で読みあげた作文。浩太郎はそれを今も大事に取っておいていたのだ。その作文を真人は今、再び父の前で読み上げる。

「『ぼくのうちは葬儀屋です。ぼくのお父さんは、死んだ人を天国に送る仕事をしています。死んだ人の家族はみんな、〝ありがとう〟って言ってくれます』」

あの頃、父親参観に参加した親父は、どんな思いでこれを聞いていたのだろう。真人の胸に、今さらながら、そんな思いがこみ上げる。

「『葬儀屋の仕事は大変です。朝も夜中もお父さんはお仕事ででかけていきます。僕はお仕事しているお父さんが大好きです。だから将来は、お父さんと一緒におんなじお仕事をしたいです』」

読み終わった真人は、画用紙を浩太郎の遺影に突き出すようにして話し続ける。

「これ……、小学校二年生の父親参観の時に読んで、クラスのみんなにドン引きされた。俺、バカだったんだな。これがきっかけでイジメられるようになっちゃって……。でも、それでもすげーって、あの頃は思ってた。……俺、生まれてはじめて、葬儀をやった。それで……、俺も、『ありがとう』って言われた。……全然ありがとうなんて言われるようなことしてなくて、全然、そんなんじゃないんだけど……。でも、ああ、親父はこうやって生きてきたのかって、こういう人生送ってきたのかって……」

真人の目から涙が溢れる。真人は初めて父親の死を前にして涙を零した。

「そういう親父に俺たちは育てられてきたのかって……、すげーなって……」

　真人は大きく息を吐いて、浩太郎の遺影を真っ直ぐに見つめ直した。

「……ありがとう。……そう、心から思う。俺はそういうとこ全然見ようとしてこなかった……。だからその分、これから、ちゃんと見る。晴香のことも、隼人のことも、桃子のことも。兄貴のことも、待つ。だから俺に……、親父の遺した、葬儀屋を、継がせてください」

　真人が浩太郎の遺骨と遺影に深々と頭を下げると、後ろから拍手が聞こえて来る。驚いて、振り返ると、庭に岩田が立っていた。

　真人は慌てて涙を拭って、縁側の窓を開けた。

「……声かけてくださいよ」

　岩田が縁側に腰を降ろし、小さな庭から空を仰ぐ。真人もそれに倣うように岩田の隣に腰を降ろした。

「……死んでも、その人の人生が消えるわけじゃない」

「どういう意味ですか？」

「そのうち、わかるよ」

　空を見上げてそう呟いた岩田を見つめて、真人も同じように空を仰いだ。

——真人の生きて来た二十六年間の人生の中で最悪の日。
だが、そこから真人の新しい人生は始まった。

第二話　真夏のジングルベル

『葬儀の井原屋』を継ぐことを決めた真人は、会社を辞め、一人暮らしをしていたマンションも引き払って生まれ育った井原家に戻ってきた。兄の健人の行方がわからない今、自分がしっかりとこの家を守って行かなくてはならない。そう思っていた。

井原屋の経営状態は思ったよりも悪く、赤字経営がずっと続いてきていた。浩太郎はそこから隼人と桃子の学費を出し、一人暮らしの隼人にいたっては仕送りまでして来ていた。

——親父にできてたんだ。俺にだってできる。

真人はそんな対抗心を燃やしていたが、実際、無い袖は振れず、隼人には一人暮らしを辞めさせ、実家から大学へ通わせることにした。

家に戻って一緒に住み始めてみると、真人には隼人と桃子の荒《すさ》んだ生活態度が目に付いた。真人が家を出た四年前、隼人は高校に、桃子は中学に入学するところだった。それから比べれば、二人とも年頃だ。あの頃と同じように行くわけがないことは真人にもわかっていた。それでも、検察官になりたいと浪人をしてまで国立大学の法学部に入った隼人は、バイトに明け暮れ、まだ未成年にもかかわらず、時折、酒の匂いをさせて帰って来ることもある。桃子も毎日、帰りが遅い。真人が共に住むようになってから、まだ数日しか経っていないが、兄弟が揃って食事をしたのは、浩太郎の葬儀の時だけだった。

いったい、二人は何をしているのか？　一緒に暮らすようになってすぐ、真人は二人のことを晴香に尋ねたことがある。

その時、晴香は一言「さあ」と返しただけだった。

その返答の仕方が頭に来た真人が「さあってなんだよ、さあって」と強い口調で言うと、晴香も語気を強めた。

「私に聞かないでよ、隼人がなにしてるかもわかんないし、桃子がなにしてるかもわかんないよ」

「わかんないって！　一緒に住んでてなに見て来たんだよ」

「寄り付きもしなかったのは自分じゃない！　なんなの？　自分は人に文句言えるくらい立派な事してるわけ？」

それ以上、真人は何も言えなかった。晴香の言っていることはもっともだったし、自分が高校生や大学生だった頃のことを振り返れば、隼人や桃子に口うるさく言える資格もない。

この日、井原屋に警察から一本の電話が入った。

「警察からの遺体の引き取り依頼？」

電話を切った晴香から話を聞いた真人が声を上げた。

何も知らない真人に晴香が説明する。

「病院以外での事故や自殺、死因が不明な人を警察まで運んだり、ご遺体をお預かりするようなこともあるの」

「そうなのか……」

自分にはまだまだ知らないことがたくさんある。真人は仏壇の前に安置されている浩太郎の遺骨と遺影を見ながら、「親父はそんなこともやっていたんだな」と思う。

真人が仕事着に着替えるのを、晴香が手伝いながら言う。

「真人兄ちゃん、監察医務院《かんさついむいん》、初めてだと思うけど、しっかりね」

「わかってるよ」

声を出してみて、真人は自分が緊張しているのがわかる。初めての遺体の引き取り。何をどうすれば良いのかもわからない。

「外で、田中さんが待っててくれてるから……」

「ああ」

ベテランの田中が一緒にいてくれるのだから、そこまで緊張することはない。そうわかっていても、真人の緊張は収まらない。

そんな真人の様子を見ていた晴香が「いってらっしゃい」と、数珠を差し出した。それは、浩太郎の腕から晴香が抜き取った数珠だった。

「お守り。お父さんの」

真人はそれを受け取り、自分の右腕にはめた。


関東監察医務院は文京区にあり、地下鉄護国寺駅から徒歩五分程の所に建っている。井原屋から車で行くには、環七から早稲田通り、山手通りを抜け、目白通り、不忍通りを通って、三十分程の道のりだ。

家の外で待っていた田中に、真人は自分が運転すると、車の運転席に回ったが、田中に、「これから何度も行く場所ですから、今日は、真人君は道を覚えて……」と、助手席に座らされることになった。

関東監察医務院は、東京都二十三区内で発生したすべての異状死について、医師が死体の外表《がいひょう》を検査し死因等を判定する検案《けんあん》及び解剖《かいぼう》を行いその死因を明らかにする場所で、一日に三十体以上もの検案、解剖が行われているのだと、田中が教えてくれる。

到着した監察医務院は、真っ白い、まるで学校のような建物だった。

駐車場に車を止めた真人は、緊張しながら、寒々しいその建物に入っていく。入ってすぐ、真人は強い消毒薬の臭いを感じた。病院とも警察とも違う独特の雰囲気が流れている。

ここに多くの遺体が集まるのだと思うと、真人の緊張はさらに高まった。

　真人が田中と共に受付前の長いすに座っていると、廊下の奥から「井原屋さん」と声をかけられる。

　立ち上がり、声のした方を見ると、そこには真人が長田の転落事故の詳細を高円寺署に聞きに行った時に、最初に応対してくれた長峰刑事が立っていた。

「こっちです」

　真人と田中は、遺体を車に搬送するためのストレッチャーを押しながら、長峰のあとに続いた。静かな廊下にストレッチャーの車輪の音が響く。

　真人たちはこれから、検案を終えた遺体を引き取るのだ。自然死の中でも解剖に回されるのは死因のはっきりしていないものだけで、自殺や他殺など、死因のはっきりしている多くの遺体は解剖はせずに検案だけが行われる。

　真人が今日、引き取るのは何者かに殺害された、他殺体だという。

「他殺体」。その言葉だけで、真人は自分の意識が遠退いて行くように感じた。

　長峰が廊下の壁に空いた一室に消えて行く。そこには『解剖室』というプレートが掲げられていた。胃が持ち上がるような緊張感に襲われ、真人は長峰に続くのを躊躇《ちゅうちょ》する。しかし、田中が後ろからストレッチャーを押してくるために、結局、その流れのまま、解剖室に足を踏み入れた。

そこは学校の理科室を思わせる雰囲気だった。理科室とは違うのは、明らかに解剖台とわかるステンレス製の大きな台が五つ並び、見たこともない器具が並んでいることだった。

ステンレス製の台の一つに布がかけられ、人の形が浮かび上がっている。

田中のストレッチャーを押す力に負け、真人がその台の横に着ける。田中が手を合わせるのを見て、真人もそれに倣う。

その時、解剖室の出入り口から大きな声が響いた。

「お疲れ様です！」

そこには、敬礼する優樹が立っていた。

「あ……」

真人が思わず漏らした声に、優樹が目を真人に向ける。

「あ……」優樹が真人に近付き、小声で尋ねる。「会社は？」

真人は「辞めた」とさらりと言った。

優樹が何度も頷きながら「へえ」と言っていると、長峰が遺体の概要を口にする。

「身元不明。所持品はなし。恐らく二十代の男性と思われます」

長峰はそう言って、男の遺体に掛けられていた布を一気に剥いだ。

そこには一人の男が横たわっていた。

真人は眼を閉じ、もう一度、遺体に手を合わせてから、ゆっくりと目を開いた。

目の前には自分と同じくらいの年齢の若者が、その人生を終わらせていた。土気色《つちけいろ》をした肌と、血の気を失った唇の色を見れば、彼がもう動かないということは真人にもわかった。

しかし、その男の顔を、真人は何処かで見たような気がした。

「……あ」真人は思い出した。

それは、マンションから転落した長田の代わりに真人が『居酒屋コロンブス』へ店長代理として働きに行った日に、アルバイトの面接を受けに来た男だった。

男の顔を見つめながら、あの日のことを思い出す。彼は長田との面接に時間通りに現れた。それを忙しさを理由に真人が追い返したのだ。

「身元不明……」真人は男の顔を見ながら呟いた。

真人の様子に気付き、優樹が「どうしたの?」と尋ねて来る。

真人は優樹に訴えかけるように言った。

「俺、彼と会ったことがある」

「え?」

「居酒屋の面接に来たんだ」

優樹がポケットから慌ててペンと手帳を取り出す。

「名前は?」

真人は首を振った。

「その時忙しくて、出直してって言ったから……」

真人は男の顔をもう一度見る。

「身元、本当にわからないの？」

真人の問いに優樹は頷き、「カバンが盗まれてたから」と続けた。

優樹が男の遺体に目を向けるのを見て、真人ももう一度男を見た。

「真人君……」田中が真人を促すように呼ぶ。「……行きましょう」

真人が「はい」と小さく返事をして、真人は田中と共に男の遺体をストレッチャーに移して、廊下に出た。

「あ、ちょっと待ってもらえますか……」

いつの間にかいなくなっていた長峰が戻って来る。その後ろにはサックスケースを抱えた一人の若い女性が立っている。真人は彼女の美しい顔立ちに目を奪われた。

「この方で間違いないですか？」

長峰がそう尋ねるとその女性は深く頷いた。

「はい。間違いありません」

「そうですか。……じゃあ、こちらへ」

そう言って、長峰はその女性を手で案内して歩き始める。

真人と田中はその後をゆっくりと応用にストレッチャーを押して行く。ストレッチャーの車輪は良く回り、スムーズに動かすことができたが、遺体を乗せたストレッチャーには独特の重みがあった。

「谷沢怜奈《やざわれいな》さん」

真人の横を歩いてきた優樹が女の子の背中を見て呟く。

「彼女を庇《かば》って、彼は殺されたの」

「え?」

真人は思わず声を上げ、遺体を見つめて立ち止まった。

昨日の夜、谷沢怜奈はいつものように駅前でサックスを吹いていた。

怜奈は三年前から、毎晩、プロを目指してこの駅前でサックスを吹いているが、駅前を行き交う人は忙しく、足を止めて聞いて行く人の数は少ない。駅前で待ち合わせをする人や酔っ払いが聞いて行ってくれることもあるが、一曲、吹き終らないうちに、去って行ってしまう人の方が多い。

街頭での演奏は冬にはお客さんも集まりづらい。それでも、怜奈は少しでも自分の演奏に耳を傾けてくれる人がいるのならば、懸命に演奏した。それが、夢へ向かう一歩だと信じているからだ。

冷えたサックスを持つ手がかじかんで来る。曲の合間にポケットに忍ばせた使い捨てカイロで手を温めながら演奏を続ける。

携帯電話を見ると、時間は二十三時を過ぎていた。今日はもう、ここで二十曲以上を吹いた。そのうち六曲がお客さんからのリクエストだった。一人は曲の途中で帰ってしまったが、あとのお客さんは、「ありがとう」「がんばってね」と声をかけてくれた。街頭で一人で演奏を続けていると、そんな言葉がとても温かく感じる。

怜奈はそろそろ帰ろうと、サックスを片付け始めた。足元に置いたサックスケースにサックスを入れた時、目の前に男物の靴が現われた。

怜奈が目を上げると、そこには五、六人の若い男達が立っていた。男達の髪形や服装から、怜奈は一瞬で危険を察知した。

「こんな寒い中、よく頑張るねぇ」

短い髪を赤茶色に染めている男が怜奈の横に立つ。男の腰周りに付けられたアクセサリーがジャラジャラと音を立てる。

「ちょっと、俺たちと遊ばない？」

男が怜奈の肩に手を回す。男の着ている黒いダウンジャケットが怜奈の耳元に当たり、ナイロンの擦れる音がする。

「やめてください！」

怜奈は男とは反対側に身体を九十度捻《ひね》る。捻りながら、顔を上げ、駅前を歩く人達に助けを求める目を向けた。しかし、皆、怜奈から目を逸らし、足早に去っていく。

「一緒に遊んでくれないなら、代わりに俺たちが遊ぶ金、出してくんないかなぁ」

長髪の男が音を立ててガムを噛みながら、サックスケースの横に置かれていた怜奈のカバンに手をかける。そこには、怜奈の全財産が入れられた財布が入っている。

「やめて！」

怜奈がそう叫んだ時、男達と怜奈の間に、一人の男が飛び込んできた。

「……逃げて」

彼は怜奈を背に、男達を睨みながら言った。

「でも……」怜奈は躊躇した。

ダウンジャケットの男が、「何だ、お前？」と、男に歩み寄る。

「早く！」男は怜奈に向かって叫んだ。

その声に、怜奈はカバンとサックスケースを掴み、そこから走り出した。すぐに警察に行かなくては……。警察を連れてあの場所に戻らなければ……。

怜奈は必死に走り、交番に駆け込んだ。

二人の警察官を連れて怜奈が戻った時、男達の姿はそこにはなく、怜奈がサックスを演奏していた場所に、怜奈を守ってくれた彼が仰向けで倒れていた。その腹部には一本のナイフが突き立てられていた。

優樹の話を聞いた真人は、ストレッチャーの上に乗せられた男を見つめる。

「彼は、ヒーローってわけか……」

アルバイトの面接に来た時の彼は、そんな勇敢な男にはとても見えなかった。

優樹が頷いて話を続ける。

「目撃者の話では、男達は彼に暴行を加えた後、彼の持っていた荷物を奪って行こうとしたらしい。彼はそれに抵抗して……」

優樹がそこで口を噤《つぐ》むので、真人がその言葉を継ぐ。

「……刺された」

優樹は大きく頷いた。

「捜索願も出されていない。怜奈さんも彼の名前を知らない。カバンを奪われた彼が最後に持っていたのは、これだけ……」

優樹が持っていたビニール袋を差し出した。中には千切られたような三センチ四方ほどの紙片が入れられている。

真人はビニール袋を手にとって、その紙片を見つめた。

千切れた四角の中に青と緑のコントラストが見える。裏返すと、大きなMの文字と、その下に小さな文字が並んでいる。『撮影・佐』。おそらく、写真撮影をした人の名前なのだろうが、その先が切れていてわからない。

「M。……撮影、……佐、佐。……佐藤？　佐々木？　これじゃ、よくわからないな」

優樹は真人の手からビニール袋を受け取りながら、「そうなの」と言って、「でも」と話を続ける。

「彼は、この紙だけは手放すまいって、必死に握りしめていたみたい。結局、彼が最後に持っていたものは、これだけだった……」

真人はその紙片を見つめた後、もう一度、男の遺体を見つめた。


真人は男の遺体を乗せた車を運転していた。監察医務院までは田中に運転して貰ってきたが、自分で運転した方が道も憶えるからと、帰りは田中から運転を代わって貰ったのだ。男の遺体が乗せられている車の後部を気にするように真人はルームミラーを覗く。

「身元不明だなんて……。携帯の番号だけでも、聞いておけばよかったです……」

真人はあの日、忙しさのあまり、約束の時間通りに現れた男を追い返した。電話番号はおろか、名前も、年齢も知らない。

交差点に差し掛かりそうになった時、直進方向の歩行者信号が点滅を始めた。一、二秒後には自動車用の信号機も黄色に変わる。普段の真人ならここでアクセルを踏み込むのだが、運転前に田中から「ご遺体を搬送する時は、急発進、急停車だけは絶対にいけません」と言われていたことを思い出し、ゆっくりとブレーキを踏んだ。

車は静かに停止線の上に停まった。


井原屋に戻った真人と田中は、警察から預かった男の遺体を倉庫の一角にある遺体冷蔵庫に安置する。外層はステンレスでできており、一見、普通の業務用の冷蔵庫のようにも見える。しかし、この冷蔵庫は遺体を寝かせたまま安置するため、奥行きが長く、床面にはローラーが並んでおり、遺体をスムーズに動かせるようになっている。オゾン発生機や殺菌灯もつけられており、長期間、遺体を傷つけることなく保つことができるようになっている。

遺体冷蔵庫があることにより、今回のように警察から仕事が貰えるのだと、田中が言った。

田中が手際よく遺体冷蔵庫を閉め、いくつかのスイッチを動かしていく。真人はただそれをじっと見つめ、田中が手を合わせるのを見てから、自分も冷蔵庫に向かって手を合わせた。

「では、私はこれで……」

田中がそう言って帰って行くのを、真人はお礼を言って見送った。事務所に戻り、パソコンに向かっている晴香に尋ねる。

「遺体冷蔵庫なんていつ買ったんだよ」

晴香はパソコンの画面に視線を向けたまま答える。

「三年前。まだ大分ローンが残ってる」

ローンという言葉が、真人に重くのしかかる。

晴香はキーボードを打ちながら、「田中さん、大変な時は来てくれるって」と、真人に伝える。

真人は心の中で、「助かった」と呟いた。まだまだ、自分だけではできないことの方が多い。もうしばらくは田中の仕事ぶりを見ていたい。

「それにしても」と、真人は倉庫のある方向へ目を向ける。「ああいう身元がわからない人ってのはどうするんだ？」

晴香がパソコンから目を上げる。

「『行旅《こうりょ》病人《びょうにん》及《および》行旅《こうりょ》死《し》亡人《ぼうにん》取扱《とりあつかい》法《ほう》』っていう法令に基づいて、無縁仏として火葬される」

晴香の言った前半の言葉の意味はわからないまま、真人は「無縁仏か……」と呟いた。

真人はデスクの上に置かれていた棒の先にゴルフボールの付いた肩叩きを手に取った。

「供養は？　葬儀とかはどうすんだ？」

真人に肩叩きを向けられた晴香はそれを手で払いのけるようにして答える。

「昔は自治体で供養してたみたいだけど、今は予算がないから、火葬して、それでおしまいなの」

「それで、おしまい……。なんか、それってかわいそうじゃないか？　何とか、うちで葬式やってやれないかな？」

「そういうこと言わないでよ。そんな余裕あるわけないでしょ」

「でもこのままじゃ――」

晴香は真人の言葉に自分の声を被せる。

「確かにかわいそうだよ。でも、無縁仏は一年間で何体もうちに来るの。かわいそうなのはみんな一緒。その度にうちがお葬式出すの？」

そんなことができるはずないことは、真人にもよくわかっている。

「仕事なんだよ？　ボランティアじゃないの」

「そうだよな。仕事なんだもんな……」

真人がそう言いながら、事務所を出て行く。その時、晴香は自分が使っているパソコンが真人に覗かれるような気がして、一瞬、パソコンのディスプレイに身体を寄せた。

晴香は、このパソコンを使ってブログを更新しているのだ。

『四葉のクローバーの日々徒然』。

友達も少なく、他の兄妹たちのように恋愛もうまくできない晴香にとって、このブログこそが唯一の心の支えなのだ。身元は隠しながら、葬儀屋で働く女の子が書くブログとして、そこそこの人気も得ていた。今では、そのブログを通じてメッセージのやり取りをするような人達も増えていた。

「すみません」

事務所の外から女性の声が聞こえて来た。

晴香が事務所の入り口まで行くと、そこに一人の女性が立っていた。

「こちらに、ご遺体があると伺ったので……」

サックスケースを抱えた彼女は、「せめて、お線香をと思いまして……」と、晴香の顔を見つめた。

晴香に事情を聞いた真人は、怜奈をすぐに遺体冷蔵庫のある倉庫に案内した。

田中に教えられた通りに操作し、冷蔵庫を開ける。真人がゆっくりと遺体を引き出すと、男は昨日と同じ顔のまま、眠ったように上を向いていた。

その後ろでは、晴香がお線香をあげられるように蝋燭に火を灯していた。

「どうぞ」

晴香に言われ、怜奈が線香に火を付ける。一瞬、大きく燃え上がった炎はすぐに消え、煙を上げた。

線香を立て、手を合わせた怜奈が顔を上げる。

「名前、聞いておけばよかった……」

怜奈がそう呟いたのを聞いて、「この子も俺と同じ思いなんだな」と思った真人は、怜奈に尋ねる。

「生前の彼に会った事があるんですか?」

真人のことを見上げた怜奈はゆっくりと頷いた。

怜奈が男と出会ったのは一年前の夏のことだった。

その日も怜奈は駅前でサックスを吹いていた。少し長めの曲を吹き終わり、怜奈が汗を拭った時、男が怜奈に声をかけて来た。

「リクエストしてもいいですか?」

普段、あまりリクエストもない怜奈は、素直に喜び、笑顔で「もちろん」と返した。

「じゃあ、あの……」男は躊躇してから言った。「ジングルベルをお願いします」

怜奈は嫌がらせだと思った。この真夏の暑い時に、『ジングルベル』だなんて……。

怜奈が男と会話らしい会話をしたのはそれが最後だった。しかし、男はそれからもずっと怜奈のことを見ていた。

怜奈が路上ライブをしていると、少し離れた場所から、必ず男が見ているのだ。路上ライブの時だけではない、怜奈の家の周りをうろうろしていたり、スーパーやコンビニで買い物をしている時も頻繁に男を見かけるようになった。

怜奈が男に気付くと、男はいつも慌てて隠れた。

怜奈の話を聞いていた晴香が「それって」と声をかける。

怜奈が晴香に目を向けるのを見て、真人も晴香を見た。

「ストーカーじゃないですか……」

晴香の言葉に、真人も「ストーカー」と声を漏らす。

怜奈は男の遺体に背を向け、真人たちの方を向くと、目を伏せながら、ゆっくりと絞り出すように声を出す。

「ずっと怖いと思ってたんです」

その時のことを思い出しているのか、怜奈の顔に恐怖の色が浮かぶ。

それを見た真人は男の遺体を恨めしそうに見つめた。

「この人は私を助けようとしてこんなことに……。それは本当に申し訳なく思ってます。だけど……」

真人は怜奈に優しい眼差しを向けて深く頷く。

「そうですよね。……複雑ですよね」

「このまま身元がわからなかったら、彼はどうなるんですか?」

真人はさっき、晴香から聞いた話を思い出しながら伝えようとする。

「えと……、行旅病人……?」

すぐに晴香が助け船を出す。

「『行旅病人及行旅死亡人取扱法』」

真人はそれを継ぐ。

「っていう法律に基づいて、無縁仏として埋葬されるんです」

「お葬式は……?」

真人は首を振る。

怜奈は眼を伏せてから、再び、男を見た。

「きっと、どこかに家族がいるはずなのに……」

真人は「家族」と言う言葉を心の中で繰り返した。会ったこともない彼の家族を想像して、胸が痛んだ。

真人は男の遺体を冷蔵庫の中へ押し戻した。

真人が冷蔵庫のスイッチを入れると、倉庫の中に冷蔵庫のモーター音が響いた。

翌朝、コタローの散歩を済ませた真人が新聞を読んでいると、庭の方からコタローが「クーンクーン」と泣く声が聞こえて来た。

真人が庭に回ると、岩田がコタローの前にしゃがんでいた。

「岩田さん……」

岩田が振り返り、立ち上がる。「……よう」

いつも気が付くと人の家の庭に勝手に入りこんでいる老人に、真人は笑顔で頭を下げた。

岩田は今日も真人に盆栽の剪定をさせる。

「岩田さん、自分でやったらいいじゃないですか」

そう言って、真人はハサミを渡そうとしたが、岩田は、「俺がやったんじゃ意味がないだろう」と、それを受け取らなかった。

縁側に座る岩田に見つめられながら、真人が盆栽の枝を切る。切りながら、真人は身元不明の男の話を岩田に聞かせていた。

「それでそのストーカー君は殺されたわけか？」

「はい」真人は盆栽の枝ぶりを見ながら呟く。「俺、彼に一回会ってるんだよなあ」

「え？　そうなの？」岩田が驚く。

「彼、バイトの面接に来たんですよ。でも、その時忙しくて追い返しちゃって……」

「冷たいねえ、君ってやつは」

自分でもわかっていたことをしみじみと言われて、真人は自分の気持ちが少しだけ沈むのを感じた。

「でも、今となっては雇わなくてよかったって思いますよ。ストーカーするような奴、信用できないですからね」

岩田が真人の顔をじっと見る。

「本当の悪人が、人助けなんてするかねえ」

真人は戸惑い、黙り込んだ。

「もし君が話を聞いていれば、事態は変わってたりして」

それも、真人がずっと心に引っかかっていたことだった。

彼は、一日も早く仕事がしたいと言っていた。面接後、すぐに働き始める準備もして来ていたようだった。追い返してしまったものの、あの時感じた男の印象は悪くはなかった。自分が話を聞いていたら、もしかしたら本当に彼の未来は違うものになっていたかもしれない。

真人は岩田を見つめて「いちいち痛いとこを突く爺さんだな」と思った。

「まあ、その亡くなった彼にはさ……」目を見開いた顔で岩田が真人を見る。「出来る限りのこと、してやったらいいんじゃないの？　どんなご縁か、君が彼の人生の最期を見送ることになったわけだし」

「できる限りのことなんて言われても」

わからない。真人はそう言おうと思った。しかし、岩田はそれを見越したように言う。

「知ろうとすれば、わかることもあるんだよ」

「無責任な事言って」

「君の親父さんも生前、そういうことしてたって聞いたよ」

そういうこととは、亡くなった人のためにしてあげられることをしてあげていたということか。真人は考える。

「あ、知ってた？」

「知らない」

即答した真人の顔をまじまじと見つめて岩田は立ち上がった。

「知ろうとしなかったからだろ？」

確かにそうかもしれない。真人がそう思って黙っていると、岩田は「じゃ、また」と、去って行った。

「……なんなんだよ」

真人はそう言って、さっきまで岩田が座っていた縁側に腰を降ろした。朝の冷え込みがきついせいか、岩田が座っていたその場所は、もう完全に冷え切っていた。

「さっき、誰と喋ってたの？ 庭で……」

真人が晴香の温めた昨夜の残り物を食べていると晴香が聞いて来た。隼人と桃子はまだ起きてきていない。

「ああ、岩田さん」

「岩田さんって誰？」

真人は晴香が知らないことを意外に感じながら教える。

「親父の友達だって」

「ふうん。……岩田さん」

真人は晴香の作った野菜炒めを頬張りながら、さっき、岩田が言った言葉を思い出していた。

「君の親父さんも生前、そういうことしてたって聞いたよ」

真人は茶碗の中の残りわずかなご飯を口に放り込んだ。

真人は事件現場となった駅前に来ていた。

怜奈が男達に囲まれ、そして、男が刺された場所はどこなのか？　真人はゆっくりと駅前の広場を見回した。

すると、一角にしゃがみ込んでいる怜奈を見つけた。歩道隅のガードレールの前に花を手向け、手を合わせている。

立ち上がった怜奈は、サックスケースを持つと、振り返った。

その目と、ずっと怜奈を見つめていた真人の目が合う。

彼女の綺麗な目に、真人は一瞬ドキリとした。


「サックス、あそこで吹いてたんですか？」

怜奈と一緒に駅前のカフェに入った真人は窓の外を眺めながら怜奈に尋ねた。

「ええ」怜奈は手元にあるコーヒーをスプーンでぐるぐる回しながら答える。「でも、サックスどころじゃないです」

「怜奈さん……」俯いている怜奈を見て真人が呟く。

スプーンを止めた怜奈が、押し殺したような声を出す。

「本当に申し訳なく思ってます。でも……、手を合わせながら、やっぱり、『どうして？』って思ってる」

顔を上げた怜奈が、窓の外の事件現場を見つめる。

「どうしていつも私の近くにいたんですか？　どうして私を助けてくれたんですか？　あなたはいい人なんですか？　それとも、……ストーカーだったんですか……？」

話を聞きながら、真人はじっと怜奈の横顔を見つめていた。自分を助けて亡くなっていった男の正体がわからず、彼女も苦しんでいる。

怜奈は真人に顔を向けて続ける。

「どうしても、心から感謝が出来ないんです。命を賭けて、助けてくれたのに……」

「俺……」真人は怜奈の目を真っ直ぐに見つめた。「怜奈さんに協力します」

怜奈も真っ直ぐに真人を見返している。

「俺も彼の人生を少しでも知りたいし……、俺にできること、探しますから……」

自分を見つめる怜奈に、真人は笑顔を向けた。

午後、真人は高円寺署に長峰を訪ねてやって来た。晴香に「お清《きよ》め」を持って行くように言われたからだ。

「お清め」と書かれた封筒に入ったビール券。葬儀屋としては、警察から遺体を回して貰えれば、それが葬儀に繋がる確率は高い。病院で亡くなる遺体よりも、警察から回ってくる遺体の場合、事故や事件の場合が多く遺族が予期していない死であるため、最初に関わった葬儀屋に葬儀を依頼する遺族が多いのだ。特定の刑事と親しくしておけば、それが次の仕事へ繋がる。その為に、長峰に「お清め」を渡すのだ。

「それって、賄賂《わいろ》なんじゃねーの？」

真人がそう言うと、晴香は、「だったら、お兄ちゃんが自分で仕事取ってこられるの？」と、真人を睨《にら》みつけた。

真人が刑事課の前の廊下のベンチに座っていると、そこに長峰と優樹がやってきた。真人は立ち上がり、長峰に歩み寄る。

「長峰さん、この間はご指名ありがとうございました。あのこれ、よろしければお清めにどうぞ」

真人が差し出した封筒を長峰は「ああ、そう？」と、簡単に受け取った。

「あの、身元不明の遺体って——何かわかったことってあるんですか？」

真人の問いに長峰は立ち止まらず、部屋に入って行きながら、面倒くさそうに振り返る。

「ああ、あとは、そいつに聞いて。俺、こう見えても忙しいからさあ」

長峰が部屋の奥に消えると、真人は横に立っていた優樹を見た。

真人と目の合った優樹は溜息をついて、「知りたい？」と笑顔を作る。

その笑顔に、真人は深く頷いた。

警察署の狭い会議室は繋げられた長テーブルと、使い古されたホワイトボードが置かれているだけの何もない空間だった。古びたドアは、刑事ドラマでよく見る警察署のドアと同じで、モスグリーンをしていた。『動員数』『班割り』、それにいくつかの数字。綺麗に消されて、真っ白になっているホワイトボードが窓から入る日の光に照らされて、消す前に書かれていた文字が浮かび上がっている。古くて音だけが大きな暖房は効きが悪く、部屋の上部だけを温め、足元には冷気が漂っている。

机の角に座った真人は斜め前に座る優樹に尋ねる。

「彼の身元ってわかった？」

「ううん」優樹が困ったというような顔をする。「まだわからないけど、全力でやってるよ」

「そっか……」真人は溜息をつく。

そんな真人の表情に優樹が尋ねる。

「どうしてそんなに気になるの？」

真人はカフェで見た怜奈の横顔を思い出す。

「怜奈さんの顔見てたら……、なんかすごい、こう……、綺麗だなあって……」

「え!?」

優樹が出した大声に真人は慌てて取り繕う。

「いやいやいやそういうんじゃなくてさ、心の綺麗さって言うか——」

「バカじゃないの?」優樹は真人の言葉を遮った。

「そうだよ。そうそう、そうですよ」真人は開き直った。

真人はそれから、思いついたように続ける。

「まあ、あれだ。なんつーか、怜奈さんの気持ち、わかるんだよ。彼の生きて来た人生をなんにも知らないわけじゃん。それにさ……」

「なに?」優樹は訝《いぶか》しんだまま尋ねる。

「ストーカーするような奴がさ、命を賭けて人を助けたりすると思う?」

「……」

「俺も、生きてる頃に会ってたからさ。ちゃんと話を聞く機会はあったのにって、思ってる……。後悔、してる」

後悔だけではなかった。真人が身元不明の男のために何かをしてあげたいと思っているのには、岩田の言葉もあったのだ。

「君の親父さんも生前、そういうことしてたって聞いたよ」

浩太郎がなぜ、亡くなった人達のためにそこまでやっていたのか。真人には身元不明の彼のために自分が動けば、そんな浩太郎の気持ちが少しはわかるかもしれないという思いもあったのだ。

「ちょっと待ってて……」

優樹がそう言って、会議室から出て行く。

戻ってきた優樹がビニール袋に入れられた紙片を差し出した。

「手掛かりは昨日見せたこれだけ……」

それは身元不明の男が最後に握りしめていたという紙片だった。

破かれた三センチ四方ほどの紙に、大きな「M」の文字と、「撮影・佐」という文字、そして裏面には青と緑のコントラスト。

「たぶん、佐がつくカメラマンが撮った写真を絵葉書にしたものだろうね」

袋に入ったままの紙片を手に取った真人に優樹が言った。

この紙片から、何か彼のことがわかるだろうか。

真人は袋の中の紙片をもう一度見た。青と緑のコントラスト。

「これってさ、……山の裾野《すその》かなあ？　……富士山、とか……？」

真人は言いながら紙片を優樹に見せる。

それを受け取った優樹が紙片を見つめながら答える。

「そうかもね」

「富士山の写真撮る人って、地元の人が多いんだって……」

思い出したように真人が言うと、優樹が「そうなの？」と尋ね返してくる。

真人は兄の健人を思い出しながら、答える。

「ああ。うちの兄貴が写真撮るのが趣味だったんだけど、そう言ってた」

優樹は考え込みながら、「そっか」と頷いた。「じゃあ、静岡や山梨を中心に当たって行けば……」

真人は立ち上がり、優樹の肩を叩いた。

「じゃあ、何かわかったら教えてね？　また聞きに来るから」

「もう！　別にまさぴょんのためにやってるわけじゃない！」

苛立つ優樹を置いて、真人は高円寺署を後にした。

・

家に帰った真人は、居間に飾られている富士山のパネルを見ていた。

真人の兄の健人は写真を趣味にしていた。時間ができれば日本中を周り、様々な写真を撮ってきた。気に入った写真があれば引き伸ばし、パネルにした。

この富士山のパネルもそんな一枚だった。

「富士山か……」

いつの間にか後ろに立っていた晴香が言う。

「そういえば、よく健兄ちゃんが写真撮ってたよね。見る場所によって全然違うんだなんて言ってたね」晴香は壁のパネルを見ながら話し、その後、真人の背中をポンと優しく叩いた。「やっぱ結構気にしてんだね、健兄ちゃんのこと」

「そんなんじゃねえよ」


その頃、高円寺署では優樹がインターネット検索をしていた。検索ワード欄にキーワードを打ち込んでいく。『撮影』『佐』『富士山』『写真』『絵葉書』。

すぐに七万五千件以上の検索結果が現われる。

優樹はその中から名前の頭に『佐』の付くカメラマンが撮影した写真を順に開いて行った。もしかしたら、同じ絵葉書を見つけることができるかもしれないと考えたのだ。

優樹は『佐藤』や『佐々木』など、検索ワードを変え、現れた写真と紙片を重ね合わせる。

膨大な数の写真があったが、『佐』の付く人が撮影した富士山の写真で、実際に絵葉書として作られたものは、限られていた。

優樹は、その中から「これは」と思うものを作っているカメラマンの連絡先をメモにとり、電話をかける。

電話に出た相手に、優樹は「絵葉書の断片から、それを撮影した人を探している」と事情を説明し、残された特徴を話す。

「絵葉書の写真の側の右側下にちょうど富士山の裾野があって、それを裏返すと、Mの字と、その下に「撮影」と、撮影した人の名前が入る個所が来るんですが……」

それらしい絵葉書を作ったカメラマンはなかなか見つからず、優樹はメモしたリストの名前に次々と横線を引いて行った。

翌朝、真人は優樹に呼ばれて高円寺署に来ていた。

真人を会議室に連れてきた優樹は、真人を椅子に座らせると、その前に一枚の紙を置いた。

それは人の名前と住所の記されたリストだった。三十名ほどの名前があり、そのほとんどに横線が引かれていた。

「残りが、よく富士山を撮っているカメラマンで電話が繋がらなかった人達」

真人が数えると、連絡の取れなかった人達は九人だった。全員が、静岡と山梨に住んでいるカメラマンだった。

優樹が会議室の机に突っ伏した。

「眠いよ~、徹夜しちゃったよ~！　よし！　早く帰って寝よう」

真人はリストを見ていた顔を上げる。

「教えてくれてサンキュ。お礼に奢《おご》るよ」

「マジ？」優樹が身体を起こす。「なに奢ってくれるの？」

真人はリストを見たまま答える。

「富士宮焼きそば」

優樹が真人の顔をまじまじと見つめる。

「まさぴょん、もしかして今から行こうとしてる?」

「今が頑張るときじゃないか!」

優樹はうんざりしたように「私、今日休みだし」と肩を落とす。

「大丈夫大丈夫! 俺、手伝うからさ!」

真人は「うー」と唸《うな》り声を上げる優樹を促《うなが》し、外へ連れ出した。


真人は高井戸から中央自動車道に乗り、山梨を目指した。リストに載っている九人の中から、まずは山梨に住む五人に当たろうと考えたのだ。山梨から静岡へ向かうことも考え、もっとも北に位置する北杜市《ほくとし》に住むカメラマンに最初に当たり、そこから南下しようと考えていた。

しかも、写真に写る富士山の大きさから考えて、北杜市のカメラマンは可能性としてもいちばん低い。真人はそのことを優樹に告げたが、優樹は、どうせなら、一人ずつ確実に潰して行った方がいいと言った。

しかし、北杜市のカメラマンはやはりハズレだった。彼が作った絵葉書の中に、裏面に「M」という文字の入る絵葉書はなかったのだ。

それから二人は、甲府市と南アルプス市に住むカメラマンと、本栖湖畔でスタジオを開いている二人のカメラマンに会い、話を聞いた。中には忙しいことを理由に非協力的な態度をとった人もいたが、優樹が刑事であることを告げると、簡単にではあるが話を聞かせてくれた。しかし、山梨に住むどのカメラマンも身元不明の男が持っていた紙片と同じ絵葉書は作っていなかった。

真人と優樹が、山梨県の最後の一人、佐橋良一のスタジオを出ようとした時、佐橋が言った。

「さっき見せて貰った、富士山の稜線《りょうせん》ね。たぶん、富士山の南東方向から撮ってるんじゃないかな。三島市とか、裾野市とか……、その辺り?」

真人はすぐに「本当ですか?」と尋ねたが、佐橋はすぐに、「だからと言って、誰が撮ったか特定できるわけじゃないけどね」と付け加えるように言った。

実際、佐橋も南東方向から富士山を撮った写真を何枚も持っていたし、その一部は絵葉書にもなっていた。富士山を撮る人間には、様々な角度から撮りたがる人が多いのだという。

「やっぱり、一人ずつ潰して行くしかないね」

車に乗り込んだ優樹はそう言って、次の目的地の住所を告げた。

次に目指すのは富士市。本栖湖から国道一三九号線を南下する。

結局、富士市で会った静岡県一人目のカメラマンも、その次に会いに行った三島市のカメラマンも、あの断片に一致する絵葉書は作っていなかった。

「まさぴょーん、二十六歳独身女性の休日がどんなに貴重なものかわかってる?」

車に戻る途中に優樹が嘆くように言った。

「もちろん、感謝してます!」

その時、真人の携帯電話が着信を告げる。

「はい」

電話の相手は、学生時代の友人、金本博文だった。

「おう真人、来週の金曜の合コン来れる?　ナース集団。超レベル高いぞ」

「マジ?　金曜の夜か……」

真人は隣でこちらを覗き込むように見ている優樹に尋ねる。

「土曜って友引《ともびき》?」

優樹はパッと手帳を見て答える。

「仏滅」

真人はがっかりしたように電話の向こうの金本に答える。

「やっぱダメだ。また今度よろしくな」

真人は電話を切って、大きな溜息をついた。

「なに?」優樹が尋ねる。

「合コン。引前《ひきまえ》しか行けねえんだよなあ」

真人の言葉に、優樹が再び尋ねる。

「引前?」

「友引の前日。葬儀屋は友引に休みが取りやすいからさ」

「そっかあ」優樹は頷いてから続ける。「ってか、また合コン?」

駐車場に到着した真人は「出会いは大事だからねえ」と言いながら、井原屋のバンの鍵を開けた。

それから、真人と優樹はリストを頼りに御殿場市にやってきた。

「あと二人か……」

リストに載っているあと二人は、共に御殿場市でスタジオを開いている。

そのスタジオは街中によくある、証明写真などを依頼するような普通の写真スタジオだった。三階建ての建物で、一階がスタジオになっており、上は自宅になっているように見える。小さい子供がいるのだろう、ベランダにアニメのキャラクターが描かれた子供用のパジャマが干されている。

「これなんですけど……」

カメラマンの佐藤啓二に出されたコーヒーを飲みながら、事情を説明し終えた優樹が佐藤に紙片を差し出す。

紙片の両面をクルクルと返して見た佐藤は「ああ」と言って立ち上がると、スタジオの脇にあった棚から、一枚の絵葉書を持って来た。

「これですね」

真人は思わず「よしっ」と小さくガッツポーズをした。

佐藤が持ってきた絵葉書と、紙片を優樹が重ね合わせる。

御殿場から写した美しい富士山の写真の裏に、『Ｍｅｒｒｙ Ｘｍａｓ』の文字が並んでいた。

「メリークリスマス……。クリスマスカードだったんだ……」

佐藤が真人たちの前に座りながら説明する。

「地元の写真コンクールで賞を頂いてね、その記念に絵葉書になったんですよ」

「あの……、この人をご存知ではないですか?」

優樹はためらいながら一枚の写真を取り出した。それは亡くなった男の顔写真だった。

優樹は遺体を撮った写真の中から、一番、生前に近いであろうものを選び、持って来ていたが、それでも人に遺体の写真を見せるのは気が引けた。

しかし、佐藤はそれを気にすることもなく、写真をしっかりと覗くと、「いやあ……、知らないなあ」と言った。

「彼、この絵葉書を持っていたんです」

何か少しでも情報を引き出そうと真人が言った。佐藤が答える。

「そうなんですか。地元で三百枚売り出されたんですよね」

「彼についてなにか、思い当たることありませんか？」

真人の質問に考え込む佐藤に、真人は続けて質問する。

「このカードを買った人はわかりますか？」

考え込んでいた佐藤が何かに思い当たる。

「……そういえば、……その質問と同じ質問をされたことがあるなあ」

「え？」真人と優樹は同時に声を漏らした。

「ちょうど発売されたあとだから……、五年前か……。男性から電話がかかってきたんです。送り主がわからないクリスマスカードが届いたらしくて、買った人を知らないかって」

「それで……」

真人が佐藤の目を覗く。

「わからないと答えましたよ。でも多分、地元の人しか買わないだろうって」

「その人の名前は？」真人が尋ねる。

「ああ……なんだっけなあ……」

「なんとか思い出してください！」

「いやあでもねえ、五年も前のことだし……」

真人は矢継ぎ早に言葉を重ねる。

「お願いします！　このまま名前がわからなかったら、彼は無縁仏になってしまうんです」

しかし、佐藤はそれ以上何も答えられなかった。


その後、真人は約束通り優樹を富士宮焼きそばの店へ連れて行き、夕食をとった。

「おいしい！」

優樹が焼きそばを頬張り微笑む。

真人は佐藤から貰った絵葉書を見ていた。

「さっきのカメラマンに電話したのって彼だよな？」

「たぶんね」優樹は食べながら答えた。

「……このまま灰になっちゃうんだよなあ」

真人は再び絵葉書を見ながら「どんな人生だったのかな」と呟いた。

優樹が箸を止めて真人を見る。

「……なにもしなかったわけじゃないんだから。ここまでやったんだから。とりあえず食べなよ」

その時、優樹の携帯電話が着信を告げた。

周りの客を気にした優樹が立ちあがって店の隅へ行く。見覚えのない番号からの電話に優樹は首をひねりながらも、その電話に出た。

「はい」

「カメラマンの佐藤です」

優樹は真人に向かって、自分の携帯電話を指差して見せた。

「あ、先ほどはありがとうございました……え？　思い出したこと？」

真人が立ち上がって、優樹に近付く。

電話の向こうの佐藤が優樹に話す。

「ええ、病院を聞かれたんです。『地元で一番大きい病院を教えて欲しい』って」

「それで……」

「旭秀会《きょくしゅうかい》大学病院だと答えました」

電話の内容を気にしながら優樹を見つめる真人に、優樹は深く頷いて見せた。

真人は優樹と共に旭秀会大学病院へ来ていた。

御殿場付近では一番大きな病院で、高台に建てられており、昼間訪《おとず》れれば雄大な富士山を目の当たりにできる。

真人はまだ新しい綺麗な病棟のロビーで一人、優樹を待っていた。警察官ではない真人がいては病院の情報を聞き出すことができないと言われたからだ。

真人は「何かわかってくれ」と、祈りながら一人、優樹を待つ。

そこに、優樹が戻ってきた。

真人と目があった優樹は、少しはなれた場所に立ち止まる。

「まさぴょん、わかったよ……」

真人は立ち上がり、優樹に駆け寄った。

「なんていうか……、理不尽すぎて、やりきれない……」

優樹の沈んだ表情を見ながら、真人は優樹の次の言葉を待った。そして真人も、そのやり切れない現実を受け止めることになる。


真人は優樹を家のそばまで送り届け、井原屋まで戻ってきた。

佐藤から貰った一枚の絵葉書を手に、倉庫へ向かう。陽も沈み、すっかり暗くなった倉庫は冷え込みがきつく、冷蔵庫なしでも遺体を保管できるのではないかと思うほどだった。

真人は倉庫の電気を点けると、真っ直ぐに冷蔵庫へと向かった。

「生きてる時に会ってたのにな……。ちゃんと話をすればよかった。……ゴメン」


翌朝、優樹が井原屋にやってきた。

真人が遺体冷蔵庫のある倉庫に案内すると、優樹は、「怜奈さんも、もうすぐ来るから……」と言った。

「ああ」

真人と優樹が、倉庫の冷蔵庫の前に立っていると、そこに晴香に連れられて怜奈がやってきた。

やってきた怜奈に真人と優樹が頭を下げる。

「遺体の身元がわかったって、本当ですか?」

真人は頷き、遺体冷蔵庫を開け、怜奈に男の顔が見えるようにする。

そして、真人は話し始める。

「彼の名前は、倉木陽一郎さんと言います」

怜奈はその名前を心の中で呟くようにして、男の顔を見た。

「彼は、大田区の部品工場で働いてました。でも、先月工場が潰れてしまって、今は仕事を探していました」

　怜奈がじっと真人を見る。真人はその日を真っ直ぐに見返して、優樹から聞かされた話を頭の中で反復させるように、丁寧に言葉にした。

「倉木さんには妹がいました。両親は早くに亡くなり、五年前まで、二人で暮らしていました。でも、そのたったひとりの妹さんが事故に遭って……、脳死状態になりました。……そして誰かに、心臓を提供したんです」

　驚いた顔をした怜奈が、自分の胸を抱くように手を寄せた。

「倉木さんは、妹さんの心臓を持っている誰かを探していました。きっと、ひと目でいいから、会いたかったんだと思います。そしてその人を、見守っていたかったんだと思う」

　それは昨夜、旭秀会大学病院で掴んだ事実だった。

　優樹は昨日、旭秀会大学病院で、五年前に、絵葉書を持った男性が訪ねて来なかったかと尋ねた。運良く、その男性を覚えている看護師がいた。

　その男性は、絵葉書を手にクリスマスに心臓移植をした人を教えて欲しいと無理を言ったという。当然、病院側は彼には何も教えなかった。それでも、彼はその絵葉書の送り主を必死に探した。

「これが……、その絵葉書です」

　真人は佐藤から貰った真新しい絵葉書と一緒に、倉木が握りしめていた絵葉書の切れ端を怜奈に見せた。

「この絵葉書を、奪われないように必死に、必死に握りしめて、死ぬ瞬間まで、大事に大事に握りしめて……きっと、ここに彼の大切な思いがあったんだ。なんて書いてあったかはわからないけれど、でもきっとこれは、彼の心の支えだったんだと思う」

真人にゆっくりと歩み寄った怜奈は、その絵葉書を手に取った。

「……『ありがとう』って、……書いてありました」

真人も優樹も晴香も、ただ黙って、怜奈を見つめた。

「私が……書いたんです」

怜奈は倉木の顔を覗きこんだ。

「まだあったかくて、まだ生きてる家族の命を……」怜奈の目から涙がこぼれる。「私にくれた家族の方に……、ありがとうって伝えたくて……」

怜奈にハンカチを差し出しながら、真人も倉木の顔を覗いた。

「倉木さんは一生懸命生きていたんだと思う。辛いことがあっても、これからがんばろうって、そう思いながら、怜奈さんのサックスを聞いていたんじゃないかな?」

怜奈の眼から涙がとめどなく溢れて来る。

真人は怜奈に向かって一度、頷いた。

「だから……怜奈さんを守りたかったんだね」

怜奈はそんな真人の顔を見て尋ねる。

「これから、倉木さんは……」

「明日、茶毘に付されます」

「……お葬式は？」

真人は首を振った。

怜奈は、泣き腫らした目で、真人たちの方を見る。

「……妹さんの心臓をもらった私に……倉木さんのお葬式をあげさせてください」

深く頭を下げた怜奈の姿に、晴香が声を上げた。

「いいよっ、うちでやろう真人兄ちゃん！　こうなったら大盤振る舞いだ！」

流した涙を隠すように威勢よく言う晴香を見て、真人は小さく微笑んだ。


倉木の葬儀は井原家で行われた。

参列者は真人、優樹、晴香、田中、そして怜奈だけ。

「ただいまより、去る平成二十三年一月十九日。享年二十六歳にてご永眠なされました、故倉木陽一郎様の葬儀式ならびに告別式を、ここに謹んで執り行わせていただきます」

晴香の挨拶で葬儀が始まり、読経と焼香が行われていく。

焼香が終わり、出棺の準備が整えられると、晴香が再びマイクの前に立つ。

「谷沢怜奈様から故人へのお別れの言葉がございます」

お辞儀をして、前に出た怜奈は、一通の封筒を取り出した。

「これは、倉木陽一郎さんからもらった、私が出したサンクスレターへのお返事です」

サンクスレターは、臓器移植を行った際に、臓器を提供してくれたドナーの家族と、臓器を提供してもらったレシピエントとの間で交わされる手紙のことだ。その手紙はお互いの名前を明かすことなく交わされる。

怜奈が封筒から手紙を取り出し、開く。

「……元気ですか？　手術後の体の調子はどうですか？

去年のクリスマスの日に、僕の妹は天国へ逝きました。

たったひとりの家族だった妹は、もうこの世にいない。

けれど……妹の命はあなたの中にある。あなたは今、生きている」

怜奈の声が震えだし、涙が顔を伝う。先が読めなくなった怜奈に代わり、真人が続きを読む。

「それは、僕にとっての、生きる力です。生きる希望です。

だから……どうか、どうかあなたも夢に向かってまっすぐに突き進んでください。

僕の妹の分まで、頑張って生きてください。

僕はクリスマスを、命日ではなく、妹とあなたの誕生日だと思っています。

メリークリスマス」

真人が手紙を読み終わると、怜奈は真人が佐藤から貰って来たあの絵葉書を取り出した。

その絵葉書を棺の上に置きながら、怜奈は深く頭を下げた。

「あの時と同じ手紙を、あなたに送ります。……ありがとう」

棺の上に置かれた絵葉書には、破かれてしまった絵葉書に書かれていたのと同じように「ありがとう」という文字が並んでいた。

数日後、駅前の広場にはサックスで「ジングルベル」を吹く怜奈の姿があった。

真人と優樹がそれを聞いている。荼毘に付された倉木の遺骨は、怜奈の手によって、倉木の妹が眠る墓に納められることになった。そして、倉木の葬儀と同じ日、優樹は倉木を刺した少年たちを逮捕していた。

演奏が終わり、真人が怜奈に歩み寄っていく。

「怜奈さん」

「……井原さん」怜奈が真人に向かって微笑む。

「……いい笑顔だな」

自分の隣でそう呟いた真人を優樹はあきれ顔で見ている。

真人は怜奈にさらに一歩近づき告げる。

「俺、通います。ここに、怜奈さんのサックスを聞きに通いますから!」

怜奈は「ありがとうございます」と再び笑う。「来月の第四土曜日は空いてますか?」

真人は突然の怜奈からの誘いに浮かれた。

「え? 来月の第四……」手帳を開き、カレンダーを確認する。「えーっと、大安かあ」

「結婚式なんです。私の」怜奈が微笑む。

「……え?」真人の動きが止まる。

「ぜひ、来て下さい」

返答に詰まった真人は思わず言ってしまう。

「あ、えと、引前なら……」

「だっさ!」と言った優樹の大笑いが駅前にこだました。


家に戻った真人はコタローに癒して貰おうと庭に周る。

すると、コタローの前に今日もまた、岩田がしゃがみこんでいる。

「あ……」

真人に気付いた岩田が立ちあがり「おう」と挨拶をする。

「岩田さんて、普段なにやってんすか？」

真人がコタローの前に餌を置きながら言った。

「……ヒマ人」

岩田の答えに、真人は「やっぱな」と言って笑う。

真人が餌を食べるコタローを眺めていると、岩田がボソリと言う。

「なんか……いい顔してんじゃないか？」

その言葉に、真人は岩田を見つめ返した。

すると、岩田はにやりと笑い、「コタローだよ？　自分の事だと思ったの？」と、真人をからかうように言った。

「……クソジジイ」

真人の呟きは岩田には聞こえていないようだった。

真人は倉庫の方を指差した。

「あの彼……、倉木さん、家族じゃないけどこの世で一番彼に近い人に見送られて逝きました」

「そうか」岩田は空を見上げた。「愛ある人に見送られて逝ったか……」

岩田は真人に目を向けると、笑顔を見せた。

「それが一番だな。なあ、青年」

そう言って、庭から出て行く岩田を見送りながら、真人は考えていた。

浩太郎が、亡くなった人のためにできるだけのことをやってあげていたということ。それが今の真人には、少しだけわかるような気がした。

第三話　骨壺の忘れ物

その荷物は、酔っ払った多くの乗客がこの地下鉄の最終電車に乗り込んで来た時には、もうその網棚の上に置かれていた。膨れ上がった黒色のナイロン製のリュックサックは、通勤客の多く乗るこの電車の網棚に載せられる荷物としては異質で、一際存在感がある。

混みあった車内では網棚の上の荷物が誰の荷物なのかはわからない。網棚の端に載せられた荷物は、荷物の前に立っている人か、その横のドアの前に立っている人、もしくは荷物の下に座っている人が持ち主の場合が多い。しかし、その荷物には誰もが無関心だった。

千葉県から都心を抜け、二十三区の西端まで三十キロを繋ぐこの地下鉄には、二十三もの駅があり、その荷物がどこから載せられたのかはわからない。

その荷物は、深い眠りについた酔っ払いと同じように規則的な電車の揺れに揺られ、やがて、終点に到着する。

終点に着くまでにはまばらになっていた乗客たちは、地下から地上へ出て、一気に高架上の終着駅まで登った電車を降りると、今度は階段を降りて、改札口を出て行く。

眠り込んでいた乗客数人が駅員に揺り動かされ、千鳥足でホームに降り立っても、その黒いリュックサックは、まだ網棚の上に置かれていた。

乗客の降車確認のため、その車両に乗り込んできた駅員は、すぐにリュックサックに気がついた。彼は辺りを少し見回すと、またいつもの酔っ払い客の忘れ物だろうと、少し重いそのリュックサックを網棚から降ろすと、ひょいと片方の肩にかけた。その時、リュックサックの中で、瀬戸物が触れ合うような冷たい音がした。


コタローの散歩は真人の日課になっていた。

実家に戻って来てから、ほぼ毎日、朝食前に四十分程の散歩に出ている。もともとコタローの散歩は真人の父、浩太郎の役割だった。浩太郎はコタローを連れ散歩に出かけ、帰って来るとコタローに餌をやりながら、趣味の盆栽を眺め、それから自分も朝食をとるという決まった朝を過ごしていた。

真人はコタローの散歩は誰がするのか兄妹で話し合いの場を持つべきだと考えていたのだが、弟の隼人も妹の桃子もいつも帰りが遅く、朝はなかなか起きて来ない。かといって、足の不自由な晴香に任せるわけにもいかず、いつの間にか、自分でコタローを散歩に連れ出すようになっていた。

小さな身体の豆柴犬とは言っても、コタローはとてもやんちゃで、引かれて歩くだけでもはじめの一週間はきつかった。サラリーマン時代の運動不足のせいかもしれない。しかし、一週間が過ぎた頃からは、次第に朝の散歩が気持ちよくなってきた。同じように犬の散歩をさせている人やジョギングをしている人と顔馴染みにもなった。中にはコタローを見て、真人が浩太郎の息子だと気付く人もいた。はじめはそんな人達と挨拶を交わすのも苦手だった真人だが、井原屋を継ぐと決めた時、晴香に近所付き合いを大切にするように言われたことを思い出し、挨拶くらいはちゃんとしようと決めた。挨拶をすると、自然と笑顔になり、立ち止まって話をするようにもなった。今では真人自ら積極的に声をかけるようになっていた。

真人がコタローの散歩から戻ると、コタローの犬小屋の前に岩田が立っていた。

「うお、こんな朝っぱらから！」

真人が素直に驚いて見せると、岩田は真人からコタローに目を向ける。

「良かった。いたか……」

「いますよ。いるに決まってるじゃないですか……」

真人がコタローを犬小屋の横につなぎ直すために、岩田の前を通る。岩田の家には仏壇があるのだろう。岩田から線香の香りがして来た。真人の家で使っているものとは違う、真人の好きないい香りだった。

真人はコタローの餌を用意しながら、岩田に尋ねる。

「どうしたんです？　こんなに早く……」

「葬儀屋なんだ。客は二十四時間歓迎だろう？　朝、来る客も大切にした方がいいぞ」

餌皿をコタローの前に置いた真人が笑う。

「それは、亡くなった人の話。生きてる人間は別でしょ」

「生きてる人間は別、か……」岩田は寂しそうに笑ってから、顎をしゃくった。「足りないんじゃないか？」

「え？」

「コタローの餌……」

「ああ」真人はコタローの前にしゃがみ込む。「あげればあげるだけ食べちゃうんですよ。だから、コイツのためを思って、これくらいにしてるんですけどね……。それでも、欲しがって欲しがって大変なんすよ」

「そうか。親の心子知らずっていうからな……」

そう言って、自分のことを真っ直ぐに見つめる岩田に真人は言う。

「それ、俺に言ってます？」

「いや、考え過ぎだろう……」岩田はにやりと笑う。

真人は立ち上がり、馴れたように言う。

「で、今日も特に用事はないんですよね？」

「ああ。盆栽とコタローの様子を見に来ただけだ」

　ゆっくりと庭から出て行こうとする岩田を真人が呼び止める。

「岩田さん」

「ん?」岩田が立ち止まる。

「よかったら、一緒にどうですか? 朝メシ。妹が作ってるから、あんまりうまくないかもしれないけど……」

　岩田はしばらく考え込むように黙ってから口を開いた。

「ありがとう。……だが、朝メシは喰わないんだ」

「へえ」と真人は何度も頷いた。「いつから?」

「いつから?」岩田は鼻で笑ってから答える。「そうだな、ここ五年くらいか?」

　庭から出て行く岩田の背中を見つめていると、餌を食べ終えたコタローが、もっと欲しいとせがむように前足を上げて、真人の足に絡みついて来た。

　食卓の上の朝食を見て、真人は岩田が朝食を食べない主義でよかったと思った。ご飯とみそ汁、それに肉の入っていない野菜炒めだけ。真人は家計が苦しいのもわかっているし、その為に晴香が色々な努力をしてくれていることも知っている。だが、それが三日も続くと、さすがに文句も言いたくなる。

「いただきます」

目の前で晴香が「何か言いたいことでもあるの？」と言うようにツンとして食事を始める。ここで文句を言えば、「嫌なら食べるな」と、家に戻って来てから何度も言われた同じ台詞を言われるだけだということを真人は知っている。

「いただきます」真人は笑顔を作って言うと、野菜炒めを箸で摘《つま》んだ。「おっ！　今日は卵も入ってんだ。豪華じゃん……」

つい、妹に対して卑屈な態度をとってしまった自分が少しだけ可哀そうだった。

「朝早くすみません」

聞き覚えのある声が玄関から聞こえて来たのはその時だった。

真人が、口に残った野菜炒めを飲み込みながら出ると、そこに優樹が立っていた。

「ご飯中だった？　ゴメン」

神妙な顔つきで真人に告げる優樹の右肩に黒いリュックサックが掛けられていることに真人は気がついた。

「リュックなんか背負って、どうした？　これから遠足か？」

真人の軽口にも乗らず、優樹は真顔で「ちょっと、見て貰いたいものがあって」と、肩からリュックを降ろした。

優樹が家より事務所の方がいいと言うので、真人は暖房も付いておらず、冷え込んだままの事務所に優樹を連れて行った。

「何？　見て貰いたいものって……」事務所の電気と暖房を付けながら真人が尋ねる。

真人が事務所の隅にあるソファを優樹に勧めると、優樹は「うん」とソファに座り、リュックサックをテーブルの上に置いた。

その音で、優樹の持っていたリュックサックが見た目よりも重いのだということが真人にもわかる。

その前に座った優樹は「これなんだけど……」と、リュックサックのファスナーを開け、中から直径二〇センチほどの円筒形の青磁《せいじ》の壺を取り出した。

真人には、それが何かすぐにわかった。

「骨壺……？」

優樹が頷く。

「遺骨もちゃんと入ってる……」

「遺骨も……。なに？　どういうこと？」真人は優樹の顔を見て尋ねた。

「……忘れ物なの」

「え？　忘れ物って……、この骨壺が？」

優樹は再び頷いてから、今度は首を横に振った。

「ううん。忘れ物じゃない。わざと置いて行ったの……。電車の網棚の上に……」

「網棚の、上……？」

　優樹はリュックサックの中から一枚の紙を取り出した。そこにはひと言、『よろしくお願いいたします』とだけ書かれていた。

「よろしくお願いいたします、って……」真人が文面を声に出した。

　昨日の夜、優樹が当直で刑事課に詰めていると、電話交換業務を担当する当直員から内線が入った。

「中野駅から連絡があって、至急来て貰いたいそうです」

　高円寺署は杉並区と中野区の一部を管轄《かんかつ》としており、中野駅も高円寺署の管内だ。

「何があったんですか？」

　問いかける優樹に電話の向こうの相手は言う。

「なんか、変わった忘れ物があったとか言ってました……」

　変わった忘れ物……。普通、警察署で忘れ物や拾得物を扱うのは会計課の仕事である。しかし、署内の通常業務は十七時には終わり、今、署内にいるのは当直の六名だけだった。受付や電話交換業務を担当する人達と違い、一番自由が利くのが、優樹だった。

　すぐに中野駅を訪ねた優樹に駅員は、黒いリュックサックを掲げ、「これなんですが……」と、中から骨壷を取り出した。

「ちょっと、駅で保管しておくのもどうかと思いまして……」

確かに、通常の忘れ物と違い、人の骨ともなれば、警察に頼みたくなる気持ちもわかる。

優樹はそう思いながら、リュックサックの中をもう一度確認した。すると、そこに『よろしくお願いいたします』と書かれた一枚の紙が入っていた。

「これは、忘れ物じゃありません。わざと置いて行ったんです」

それを聞いた駅員たちは、それこそ警察の仕事だとでも言うように、「では、お願いしてもいいんですね?」と、優樹に愛想笑いを見せた。

「どこの駅から載せられたものかはわからないんですか?」

優樹の質問に、駅員はその骨壷が載せられていた電車の説明をした。

その電車は千葉県の西船橋駅を出発した各駅停車で、二十以上もの駅を通過してきている。乗降者数もかなりある。

「どの駅でというのは、特定できないと思いますね……」

「じゃあ、西船橋からこっちへ向かう間に、載せられたのは確かなんですね?」

「いや」と、これまで答えていた駅員とは別の駅員が言う。「あの電車は、西船橋での折り返し運転で、到着後すぐの折り返しなんだ。もしかしたら、こちらで載せられたものが、そのまま西船橋まで行って、帰って来たのかもしれないな」

どちらにしても、どの駅から載せられたものかは全くわからないということだった。

「それで、どうして俺の所に来たの？」

話を聞きながら、お茶をすすっていた真人が優樹に尋ねた。

「まさぴょんの所に来たら、何かわかるかと思って……」

「何かって？」

「この骨壷を置いて行った人のことが……」

「探すつもりなの？」

真人は驚いたように聞いた。意外だったからだ。このリュックサックを網棚の上に置いて行った人は、このリュックサックを忘れていったのではない。いわば捨てて行ったのだ。電車内に大切なものを忘れてしまった人のように、必死に駅員に尋ねたり、警察に届け出るわけでもない。むしろ、自分のことを見つけ出して欲しくないとさえ思っているのではないか。

「ダメかな？」

優樹にそう言われて、真人は思わず答える。

「ダメじゃないけど……」

けど、見つけたとしても、その人は捨てて行った骨壷を受け取らないんじゃないか。真人がそう言おうと思った時、先に優樹が言葉を発した。

「なんで置いて行ったんだと思う？」

　優樹が悲しそうな目で骨壺を見ながら言った。

「え？」

　聞き返す真人に優樹は伏せていた目を上げた。

「人はどういう状況になったら、遺骨を置いて行くんだと思う？」

　真人は骨壺と、それに添えられていた手紙を見ながら考えた。

『よろしくお願いいたします』と、丁寧に書かれた手紙は、遺骨がただ邪魔になって捨てたわけではないことを物語っている。なら、その人にはどうしても遺骨を手放さなくてはならない事情があったはずだ……。それは、どんな……？

　真人がそこまで考えた時、優樹は自分の膝を抱えるようにしながら言う。

「もし、遺骨を大切にしてたのに手放さなくちゃいけなくなったんだとしたら、きっと、その人はすごく追い込まれている状況なんじゃないかと思うの……」

「追い込まれてる状況って……？」

　真人は自分の手を温めるようにして持っていた湯呑を置いた。

「まさぴょんは自分の人生がもう最後なら、遺骨を誰かにお願いしたいって思わない？」

　部屋が少し暖まって来たのか、暖房の風が弱くなり、部屋の中が静かになった。

「その人が死ぬつもりなんじゃないか、って思ってる?」

優樹が頷くと、再び、暖房が音を立てて強い風を送り始めた。

真人は朝食を終えた晴香を事務所まで連れて来た。

晴香が来るのを見て立ち上がった優樹に、晴香が頭を下げる。

晴香は肩を竦《すく》ませ寒そうに息を吸いながら、暖房が入っていることを確認すると、自分のデスクのそばに置かれている扇風機のスイッチを入れた。暖房効率を上げるためだ。

天井に向いた扇風機の風が上部にたまった暖かい空気を足元に降ろして来る。

ソファに近付いた晴香は、もう一度優樹に頭を下げた。

「朝早くにすみません」

優樹がそう言うと、晴香は「いえ」とひと言言って、優樹の前に座った。

真人は晴香をソファの奥に詰めさせながら、自分も腰を降ろすと、「これなんだけど」と、テーブルの上の骨壺を掌で指した。

「この骨壺から、何かわかることって、あるのか?」

すでに事情を聞かされていた晴香は、何も言わず、ただ青磁の骨壺を眺め、両手を合わせた。

晴香が手を降ろすのを待って、真人は「どうだ?」と急かすように尋ねる。

晴香はそんな真人を無視するように、青磁の骨壺に手を伸ばすと、両手の指先でくるりと回して見た。

「はっきりとは言えないけど……」

躊躇する晴香に優樹が身を乗り出す。

「なんでもいいの。少しでもわかることがあったら教えて欲しい」

晴香は小さく頷いた。

「……多摩川葬祭場で用意してる骨壺に似てる気がする」

「どうしてわかるんだ?」

火葬場で用意している骨壺の多くは白磁や青磁のシンプルなデザインのもので、多くの火葬場が大量生産の既製品を使用している。真人にはとてもその違いなどわからない。

「青磁の……、色合い、かな……」

晴香はおぼろげな感じでそう言ったあと、「それに」と言葉を継いだ。

「他はみんな白磁の骨壺が一番安いのに、あそこはシンプルな白磁の骨壺は置いてないの。だから一番安い骨壺が無地の青磁で、その次が花とかの絵柄をあしらった白磁の骨壺になってる……。その代わりに、他の火葬場と違って、ご遺族の好きな骨壺の持ち込みがＯＫになってるんだけど……」

晴香が一息に説明したが、真人には晴香が何を言おうとしているのかがわからなかった。

「だから、何なんだ？」

真人の問いに晴香が「も～う」と苛立つ。

「遺骨を置いて行かなくちゃいけないような切羽詰まった人が、わざわざ、高い骨壺を買うとは思えないでしょ？　他の火葬場だったら、青磁は白磁よりも値段が高いの。でも、多摩川葬祭場なら、これと同じ物が一番安く用意されてるの」

真人は「なるほどね」と大袈裟に頷いて見せる。

「ありがとう」優樹が晴香に笑顔を向ける。「これで、この骨壺を置いて行った人が見つけられるかもしれない」

優樹の笑顔を見た晴香は「でも」と付け加えた。

「千葉の方で載せられた可能性もあるんですよね？　それに、毎日どれだけの人が亡くなって、どれだけの人が火葬されてるかを考えたら……」

「いいの」優樹ははっきりとそう言った。「できるだけやってみるから……」

晴香が隣に座る真人に身体を向ける。

「真人兄ちゃんも手伝ってあげて！」

「は？」真人はソファの背もたれから身体を起こす。「なんで俺が？」

「だって、早く見つけないと、その人、死んじゃうかもしれないんでしょ？」

「それは、俺達が勝手にそう思ってるだけで……」

「私、イヤなの！」

真人の言葉を最後まで聞かずに晴香が怒鳴った。

突然、感情的になった晴香に驚きながら、真人は骨壺の方を向き、俯いている晴香に尋ねる。

「イヤって、何が……？」

自分の大声に驚いたのか、晴香は自分を落ちつけるように、ゆっくりと静かに話し始める。

「真人兄ちゃん……、この前、身元不明だった倉木さんの身元を必死に見つけようとしてたでしょ？　無縁仏になるのがかわいそうだって……」

「ああ」真人は静かに答えた。

「だけどこの人は、誰かの手で……、遺族の手で無縁仏にされようとしてるんだよ？」

確かにそうだった。真人はすでに亡くなった人の遺骨だから、そこまで大袈裟に考えなかったが、そこには、親からはぐれた迷子の子供と、親によってどこかに置き去りにされた子供くらいの差がある気がした。

「そんなの悲しいいし、許せない」

晴香はそう言って、乾いた唇を噛み締めた。

「ゴメンね。車まで出して貰っちゃって……」

井原屋のバンの助手席に座った優樹がシートベルトを締めながら、運転席の真人に顔を向けて「それに」と続ける。

「行っても、この骨壺を置いて行った人の情報は何も掴めないかもしれないし……」

優樹は膝の上に載せた黒いリュックサックをそっと抱き寄せた。

真人は「いいよ」と言いながら、最近は自分しか乗らない車なのに、なぜか角度が合っていないルームミラーを左手で調整した。

「葬祭場に行くなら、ちょっとした営業みたいなもんだしな。うちの鬼の妹君も、手伝えって言ってるし……」

言いながら、真人が車を走りださせると、優樹が真人の方を見て、笑っているのが視界の隅に入る。

「仲、いいよね。妹さんと……」

「そう?」真人は狭い商店街に停められた自転車を避けながら言い、「まあ、そうかもしれないな」と、優樹の言葉を認めた。

「あいつ、赤ん坊の頃、事故で足が不自由になっちゃったからさ、やっぱり、他の弟や妹よりも、なんか、気になるっつーか……」

赤信号で停まったバンの横を、スーツの上にダウンジャケットを着込んだサラリーマンの乗るスクーターがゆっくりと追い越して行き、停止線で停まった。

「事故だったんだ……。妹さんの足」

優樹が街路樹の下の植え込みに立てられた『事故多発注意』の看板から、車内に目を戻しながら言った。

「事故って言っても、詳しいことは知らないんだよね。俺もまだ、三歳くらいだったからさ……」

「そうなんだ……」

冬の乾いた冷たい風に巻きあげられた砂埃《すなぼこり》を受け、チリチリチリという音を響かせながら、車は大通りへと出る。

『多摩川葬祭場』は、世田谷区と狛江市の境の多摩川沿いにあり、井原屋が使う中では最も大きな葬祭場だった。だが、井原屋から車で三十分程かかることもあり、井原屋が『多摩川葬祭場』を使うのは、近場の火葬場が押さえられなかった時ということが多い。

晴香の話では、最近は自分で骨壺を用意したいという人も増え、骨壺を持ち込むことが許されている火葬場でという遺族からの依頼もあるという。井原屋ではそんな時もこの『多摩川葬祭場』を使うことにしているそうだ。

「死んだりなんか、してないよね？」

環状八号線を南下した車が、杉並区から世田谷区に入ったところで、優樹が声を漏らした。近くにある自動車学校の教習車がノロノロとバンの前に入って来る。

助手席の優樹を見ると、リュックサックに入れられていた「よろしくお願いいたします」という短い手紙を握りしめていた。

「思い過ごしってこともあるだろ?」真人はわざと軽い感じで言った。

「うん……」優樹は手紙から顔を上げる。「だったらいいけど……」

初めて駅のホームで優樹を見かけた時、目の前に立っている女が刑事だとは思いもよらなかった。それどころか、その日の夜、偶然の再会を果たした時も、前もって刑事が来ると聞かされていたのに、一緒に酒を飲んでいる女が刑事だとは真人にはどうしても思えなかった。

真人の前にいる優樹は少し背の高い、普通の女の子だった。話す内容や話し方もファッションのセンスも何ら他の女の子たちと変わらない。

真人は優樹が刑事だということが今でも信じられなかった。ただそれは、優樹が刑事に似合わないというのとは少し違うと思った。刑事の仕事をよくは知らないが、これまで見て来た彼女はいつも前向きで一生懸命だった。きっと、刑事が優樹に似合わないのだ。真人はそう思った。

「ねえ、なんで刑事になったの?」

ずっと目の前を走っていた教習車が右折レーンに移動して行った時、真人は優樹に尋ねた。

「え？」

不意の質問に、優樹が一度笑って、すぐに真顔になった。

「俺が葬儀屋になった理由は知ってるでしょ？　……そっちは？」

進行方向に目を向けたまま真人が尋ねると、優樹はシートに座り直して、窓の外を眺めながら言う。

「興味なんてないクセに……」

ずっと混んでいた道が突然、空き始める。

真人はアクセルを踏み込みながら聞く。

「昔、ぐれてて、世話になった刑事さんに誘われたとか？」

「違うよ」

「じゃあ、子供の頃に誘拐されたところを助けてくれた刑事さんに憧れたとか？」

「ち・が・う！　あるわけないじゃん、そんなこと……」

すぐに赤信号に捕まり、泥汚れの激しい大型トラックの後ろに停まる。

真人は、優樹の方を向いた。

「じゃあ、何？」

優樹は強く言い返す。

「おじいちゃんがいたの！」

「おじいちゃん？」

優樹は諦めたように話し始める。

「刑事だったおじいちゃんがいたの……。偏屈で、近所の人とはうまくやれないし、うちの親にも煙たがられるような人だったけど、私はすごく大好きだった」

前のトラックが動き始め、真人もブレーキを踏んでいた右足を浮かした。

「じゃあ、そのおじいちゃんに憧れて……」

「どうかな？」優樹が首を傾げる。「憧れてたっていうのとも違うかな」

そう言って、優樹は俯いた。真人にはそれが、膝の上にあるリュックサックに入った骨壺を見つめているようにも見て取れた。

「ただ、おじいちゃんと同じことをしてみたかった。……それだけだよ」

道路が再び、混み始めていた。


『多摩川葬祭場』は、環状八号線を右に折れ、東名高速の高架を左手に見ながら進んだ先にある。五階建ての白い同じ造りの建物が十棟ほどが建ち並ぶ都営住宅の間を抜けると、多摩川の河川敷がひらけて見え、その手前に多摩川を背景にするように大きな低いレンガ造りの建物が建てられていた。

門を抜け、広く空いた駐車場に車を停める。駐車場の隅にはこれから火葬に向かう遺族であろう一行が貸し切りのマイクロバスから降りて来るところだった。涙を流し、ハンカチで目を押さえている人もいれば、談笑している人もいる。そんな葬儀ではよく見る光景を横目に、真人と優樹は葬祭場の受付を目指した。

正面入り口の横にある受付は、事務所と同じになっていて、事情を聞いた受付の女性は、すぐに半身になって振り返り、「所長」と、一人の男を呼んだ。

やってきた男に優樹が事情を話すと、男は「そうですか」と頷き、受付の中から手を伸ばし、受付横のドアを指し示した。

「あちらから、お入り下さい」

真人と優樹は言われるままに扉を潜《くぐ》ると、所長と呼ばれた男が、窓際の一番日当たりのいい場所に置かれたソファに案内してくれる。窓の外には多摩川が見える。今は水が少なく、丸く白い岩ばかりが目立って寒々しいが、夏の水の多い時期なら、青々とした草木とゆっくりと流れる川の水が美しい景色を作っているに違いない。

所長は真人と優樹に「今、詳しい者を呼んでおりますので」と言うと、名刺交換だけを済ませて、自分の席へと戻っていった。

すぐに、二人の男が現われた。白髪混じりの短髪でメガネをかけた小柄な男と、三十前後の痩せ細った長身の男だった。二人は胸に『多摩川葬祭場』と刺繍の入ったお揃いのグレーのジャンパーをワイシャツの上に着込んでいた。

所長の時と同じように、名刺交換をする。

と、白髪混じりの宮下武夫《みやしたたけお》が真人に声をかけて来る。

「色々と、大変でしたね」

真人ははじめ、何を言われているのかわからず、頭の中が混乱したが、宮下の次の言葉ですぐに理解した。

「お父様のことは、本当に残念でした……」

真人は宮下の名刺に眼を落しながら、「父を知ってるんですか？」と聞いてみた。

「もちろんです。大変、お世話になりました。それなのに、ご葬儀にも伺えず、大変失礼いたしました」

五十は過ぎているであろう宮下に深々と頭を下げられた真人はすっかり弱ってしまいながらも、生前、しっかりと見ることができなかった浩太郎の仕事に触れられたようで、少し、嬉しかった。

ソファに座り、簡単な挨拶をする。宮下は普段、遺族に付き添い、お骨を骨壺に入れる骨上げも行い、一緒に現れた長身の八重樫喜一《やえがしきいち》は、葬祭場で扱う骨壺の納入状況を把握しているということだった。

「それにしても、網棚ですか……」

所長から事情を聞いていた宮下が呟いた。

「……はい」優樹が寂しそうな声を出す。

実は今、ここ『多摩川葬祭場』でも遺骨の受け取りを拒否する遺族が増えていて、困っているのだという。数人の遺族で現れ、火葬を済ませると「持ち帰らない」と言うのだそうだ。そして、葬式なども一切行わず、遺族は帰っていく。墓を購入したり、それ以上の出費ができないという理由だったり、単に家族仲が良くないということが理由だったりと、その理由は様々だが、残された遺骨、故人のことを思うと「涙が出る」と宮下は言う。

「でも、その骨壷はそれらの引き取り拒否の遺骨とも違う。できれば、力になりたいものです」

宮下の言葉に、優樹が頷き、リュックサックから骨壷を取り出す。

朝見たときと何も変わらないのに、なぜか自分の中に親近感に似た感情があることに真人は驚いた。

「拝見させて頂きます」

テーブルの上に置かれた骨壷に宮下と八重樫が共に目を閉じ、手を合わせる。

目を開けると宮下は「失礼」と骨壷を両手で掴むと、自分の頭上に持ち上げ、骨壷の裏を見た。宮下がそれをそのまま八重樫に渡すと、八重樫も同じように骨壷の裏を覗きこんだ。

八重樫が骨壺をテーブルに戻すより前に、宮下が言う。

「うちのもので、ほぼ間違いないと思われます」

「ホントですか？」優樹が声を上げる。

八重樫がテーブルの上に骨壺を置くのを見届けると、宮下が話し始める。

「その骨壺の底の裏を見て頂けますか？」

優樹が骨壺を持ち上げ、真人も覗けるように身体を寄せて来る。

「真ん中に、うっすらと刻印のようなものがあるでしょう？」

骨壺の底の真ん中に、丸で囲まれた「久」と言う文字が言われなければ気付かないほどの薄さでへこんでいた。

「うちに置かせて頂いている骨壺は全て、岡山県にある丸久《まるきゅう》という窯で大量生産されているものなんですが、丸久は西日本をメインにしていて、関東で丸久の壺を扱っているのはうちくらいのものなんですよ……」

話を聞いて、真人は「ほぼ間違いないだろう」と思ったが、念の為、可能性を潰しておく必要があると考え、質問する。

「個人的にそこから骨壺を買うことは可能じゃないんですか？」

宮下は柔和な笑みを浮かべて頷いた。

「もちろん、可能です。今はご本人やご遺族が凝った骨壺を用意して、うちのような持ち込み可能な焼き場に持って来る場合もありますので、個人的に用意したものと言うことも考えられると思います。ですが、そういう時はこんなシンプルなデザインのものは選ばないでしょう」

もっともだと真人は思った。

「ただ……」宮下が申し訳なさそうに言った。「いくらうちが骨壺の持ち込み可能な焼き場だと言っても、これと同じ骨壺は年間にしてかなりの数が出ています。そこから、置いて行った人を探すというのは……」

一瞬、目を伏せた優樹が顔を上げ宮下を見る。

「この骨壺から、茶毘に付された時期を特定することはできませんか？」

本来ならば、骨壺と骨壺を入れる白木の箱の間には、死亡した人の名前や生年月日、死亡した日付などが書かれた「火葬・埋葬許可書」が入れられている。しかし、誰が骨壺を置いて行ったのか特定されたくない人間が、それを入れたままにしておくはずもない。

「あとは遺骨を見させて頂ければ、すごく古いものか、そうでないものかくらいは……」

そこまでずっと黙っていた八重樫が「いや」と大きな声で口を挟んだ。

真人と優樹、それに宮下が八重樫の顔を見る。

「この骨壺の刻印、……明朝体じゃなかったですか？」

「そう言えば……」

宮下が何かに思い当たったように、再び骨壺を持ち上げた。

「間違いない。明朝体を使ってる……」

「どういうことですか？」

優樹に聞かれた宮下が「ああ、すみません」と説明する。

「実は丸久は二ヵ月前に代目が代わって、その時に、刻印も新しくしたんです。以前は毛筆体だったものを、明朝体に代えたんです……」

真人は身を乗り出した。

「てことは、この骨壺はこの二ヵ月以内のものだということですね？」

二ヵ月以内のものならば、連絡先が分かれば、この骨壺を置いて行った人物に行きあたることができるかもしれない。

すぐに宮下がこの二ヵ月間の『斎場利用申請書』を確認する。

この二ヵ月の間に『多摩川葬祭場』で荼毘に付された遺体は三百あまり。骨壺の持ち込みは前日までの連絡が必要で、申請書にはその有無も記載されている。それによると、持ち込んだ骨壺を使ったのは三百のうちおよそ百件。そして、もっとも安価な青磁の壺以外を希望、申し込んだ数はおよそ五十。それらを引いて数えると、網棚に置かれた骨壺と同じものを使用している数は百四十七だと判明した。

「百四十七件なら、何とかなるかもしれない」

優樹が真人に向かってほっとしたような笑みを零す。

手分けをして電話で当たれば一人七十五件ほど。真人も頷き返した。

宮下が組んでいた手を膝の上に乗せながら言う。

「お骨を拝見させて頂いてもよろしいでしょうか?」

真人が一瞬、優樹の顔を見ると、優樹も真人の顔を見ていた。

「お骨を見させて頂ければ、わかることもありますので……」

宮下が説明するように言うと、真人と優樹は大きく頷いて「ぜひ、お願いします」と頭を下げた。

宮下が再び手を合わせ、骨壺の蓋を開ける。

青磁の骨壺の中に入れられていたお骨は、真人が思っていたよりも小さく、量も少なかった。

立ち上がった八重樫が壁際のロッカーの傍らに置かれていた段ボール箱の中から、細長いビニール袋を持って来て、宮下に差し出した。

頷いて、それを受け取った宮下は袋を開け、逆さにして軽く振った。袋の中から出て来たのは骨上げに使う竹箸だった。

竹箸を骨壺の中に挿し、大きなお骨を軽く浮かせるように持ち上げながら、中の様子を見る。しばらくして、宮下は小さく頷くと、骨壺から箸を抜いた。

真人はそこで宮下が何かを話し始めるだろうと期待したのだが、宮下はまず、箸を袋に戻し、骨壺の蓋を閉め、さらにもう一度合掌してから、顔を上げた。

「このお骨は、年配の女性のもので間違いありませんね」

何年も、何十年も荼毘に付されたお骨を見続けてきた人が言うのだ。間違いないだろう。年配の女性と言われ、真人は骨壺を眺めながら、初めて、そこに収められている人の姿を想像した。どんな髪型をして、どんな色の服が好みで、どんな趣味があったのか？　どんな家族に囲まれ、どんな生活をしてきたのか？　骨壺を置いて行った遺族とはどんな関係なのか――？

宮下にお骨を見て貰ったことによって、骨壺を置いて行った遺族の可能性がある家は、五十一件に絞られた。

井原屋のバンに二人で乗り込んで、真人がエンジンをかけると優樹が腰を外側に少しずらしてから、頭を下げた。

「ありがとう。ここまで来たら、あとはもう一人でも大丈夫だから……」

真人は優樹が持っていたリュックサックを見た。今ではもう閉められた黒いリュックサックを見ても、その中にある青磁の骨壺が見えるようだった。

「ここまで来たら、最後まで手伝うよ」

真人は車を出しながら言った。

慌ててシートベルトを締めた優樹が、申し訳なさそうにする。

「でも、まさぴょんにだって、仕事もあるし……」

真人は駐車場を出る手前で一度車を止めた。ギアをパーキングに入れ、サイドブレーキを引く。

優樹の方へ身体を向けた真人は、右手をハンドルの上に乗せ、左手で助手席のシートの上を掴んだ。

「俺、知りたいんだよね」

優樹は自分のそばに伸びて来た真人の左手を気にしながら「え?」と聞き返す。

ちょうどその時、霊柩車を先頭にした火葬へ向かう車列が入ってきた。

真人は助手席のシートを掴んでいた手を離し、リュックサックの上にそっと置いた。

「この人がどんな人だったのか? この人がどうして、網棚なんかの上に置いて行かれなくちゃならなかったのか? 置いて行った人にはどんな事情があったのか……」

真人の頭の中に、さっき想像した、この女性のぼんやりとした姿が浮かんでいた。

「それに、一人より二人の方が、絶対に早いだろ? もし、置いて行った人が自殺なんか考えてるんだとしたら、少しでも早く辿り着かないと……」

優樹がリュックサックの上に置かれた真人の手から、顔へと視線を上げる。

「そうだね。……ありがとう。じゃあ、お願いする」

真人は大きく頷いて、再び車を走らせる。

「で、どこに向かえばいい？」

「いっぱい電話しないといけないからね、署に戻って、署の電話を使おう」

優樹はポケットから五枚ほどが折り畳まれたＡ４サイズの紙を取り出した。

それは、これから連絡を取らなければならない五十一軒の連絡先の記されたリストだった。

『多摩川葬祭場』の事務所で、骨壷の持ち主かもしれない遺族が五十一軒に絞られた時、優樹はその申請書類の一式を貸して貰えないかと宮下に頼んだ。しかし、宮下は自分の一存では決められないと、所長に話を持っていく。すぐに所長が真人と優樹のもとまでやって来て、書類を持ち出すことは認めてくれなかった。

優樹はノートとペンを取り出し、一軒一軒書き写そうとした。すると、八重樫が黙って書類の束を持って立ち上がり、事務所側の受付脇に置かれたコピー機へと向かった。

八重樫は申請書の上部に書かれた住所、氏名、電話番号だけが見えるように十枚ほどを重ね、一度にコピーを撮った。それを五回繰り返した後、八重樫が持って来た紙は、綺麗に作られたリストのように整っていた。

真人が高円寺署に向けて車を走らせる間、優樹は携帯電話を使ってさっそく遺族に電話を入れていた。

「もしもし、私、高円寺署の坂巻と申しますが、少し、お伺いしたいことがありまして、お電話させて頂きました……」

一軒目の電話が終わった時、真人は思っていたことを口にする。

「その家に骨壺があるかどうか確認しないと、電話だけじゃ嘘つかれたら終わりなんじゃない？」

優樹はリストと携帯電話を見つめて、顔を上げる。

「でも、一軒一軒当たっている時間はない。話してみて、言い淀んだり、少しでも不審な点がある場合には、あとでもう一度電話をするか、家を訪ねてみることにするよ」

真人は頷きながら、車の時計を見た。時計の数字が十一時四十二分に変わった。


高円寺署に入った真人と優樹が刑事課のある二階に向けて階段を上っていると、上から長峰ともう一人別の刑事が降りて来た。

「お、坂巻っ」

真人に気付いた長峰が「ああ、井原屋さん。また、よろしく」と言って来る。この前渡した『お清め』のことだろうと思った真人は、「こちらこそ、お願いします」と頭を下げた。

「事件、ですか……？」

優樹の問いかけに長峰は「ああ、窃盗だ」と言って、階段を降り始め、すぐにその足を止めた。

「お前、今日、当直明けだったよな？　今、抱えてること片付いたら、帰っていいからな」

「……はい」

階段を駆け下りて行く長峰たちを見送る優樹の目に真人は羨望を見てとった。

「ホントは事件とか、追いたいんじゃないの？」

真人が自分の横顔を見ていることに気がついた優樹が、慌てて笑顔を作る。

「そりゃあ、少しは、ね……」

優樹は身体を二階へ向け、階段を上り始める。

「でも、こっちも大事な仕事だから……」

二階に上り切った優樹があとから上って来る真人を振り返って言う。

「それに、こっちは人を救えるかもしれないんだし……」

優樹に連れられて真人が会議室に入ると、優樹は「ちょっと待ってて」と言って出て行った。真人はパイプ椅子に座って、八重樫が作ってくれたリストを手に取った。

高円寺署に着くまでに優樹は七軒に電話をしていた。電話をかけて確認の取れた名前には横線が引かれてあり、一軒には「不在」とメモ書きされ、一軒は相手の対応の仕方が優樹の腑に落ちなかったのか「?」マークが記されていた。

戻ってきた優樹は、瓶に入った牛乳とアンパンを手にしていた。

「はい、お昼ごはん……」

真人は差し出された牛乳とアンパンを呆気に取られながら手にとった。

「刑事って、ホントにアンパンと牛乳なの……?」

「言うと思った」優樹はニヤッと笑って、隠し持っていたサンドウィッチを真人の前に置く。

それから真人と優樹はリストを半分に分け、電話をかけた。真人が事情を説明し、骨壺の有無を確認する。

多くの家が四十九日を迎えていない為、まだ家に安置されていると答えた。中には早々に納骨を済ませ、菩提寺《ぼだいじ》の名前を教えてくれた家もあった。

どの家も、家族を亡くしたばかりの家で、真人の質問にしっかりと答えてくれながらも、遺族の行方がわからないお骨の主を気遣い、「ぜひ、見つけてあげてください」と、言葉をかけてくれた。

会議室の古い暖房は効きが悪く、前に来た時と同じで、足元が特に冷えた。真人は途中から靴を脱ぎ、椅子の上で胡坐をかいた。爪先を反対の足の膝の裏に入れ、自分の体温で温める。そんなことをしながら、電話をかけ続けた。

十五時には、ほとんどの家と連絡が取れていた。その中から真人が「？」マークを付けた家は二軒。一軒は、兄弟仲が悪いのか、本家の兄が持って帰ったからわからない、の一点張りで、最後には「もういい加減にしてください」と、電話を切られた。もう一軒はただただ悲しみに暮れているだけで、話にならなかったという家だ。どちらも骨壺の行方が定まらないということで、真人は「？」マークを付けた。

優樹は全部で三軒に「？」マークを付け、「この人達は、あとでもう一度確認しよう」と言って、リストを眺めた。

「連絡が取れなかった家は全部で六軒か……。これは、行ってみるしかなさそうだね」

そう言った優樹が少し楽しそうに見えたのは真人の気のせいかもしれない。


再び車に乗り込んだ真人は、優樹の持っていたリストで、六軒の住所を確認する。杉並区が三軒。世田谷区が二軒。狛江市が一軒。

「近い方から回っていくのでいいよな？」

エンジンをかけながら優樹が頷くのを見た真人は、エアコンの暖房を調節して、フロントガラスの曇りを取った。

まず最初に向かったのは阿佐ヶ谷駅のそばに住む岩舘晴夫という男性の家だった。優樹が近くの交番の巡査に話を通し、交番の前に車を停めさせて貰う。

住所を頼りに向かった岩舘の家は、新築のマンションだった。

オートロックのマンションの一階で、優樹がタッチパネルを使って岩舘の部屋番号を押す。タッチパネルの横につけられたスピーカーからピンポンという音が二度鳴り、沈黙が続く。

真人は目の前の開かない自動ドアの向こうを見ながら言う。

「一人暮らしなのかな？　一人暮らしだったら、こんな時間は働きに行ってるよな」

優樹はもう一度同じ部屋番号を押しながら「うん」と呟く。スピーカーの反応はさっきと変わらなかった。

「でも、このマンション、どう見てもファミリー向けだよね？」

そう言って、優樹が真人の横に並んで自動ドアの向こうを覗いた時、後ろから大きな荷物を抱えた四十代後半と思しき一人の女性が入ってきた。

真人と優樹はその女性に笑顔で小さく頭を下げると自動ドアの前を開けた。

その女性は真人と優樹に訝し気な眼差しを向けてから、カバンから取り出した鍵をタッチパネルの横のカギ穴に挿そうとした。

女性はその手を止めると、もう一度、真人と優樹の方を見た。

「うちにご用事かしら……?」

タッチパネルに優樹が押した部屋番号が残されていたのだ。

「岩舘さんですか……?」

真人の問いに女性が頷くのを見て、優樹がすぐに警察手帳を見せる。

「警察の方……?」

マンションのエントランスを抜け、部屋に向かいながら優樹が事情を説明すると、岩舘鈴江は「まだ、うちの和室にありますから」と、二人に部屋まで来るように言った。エレベーターに乗ってる間、鈴江はフラダンスのサークルに行っていて留守だったと言い、もうすぐ発表会があるから大変なのだと、楽しそうに話し続けた。

岩舘家は部屋に入ると玄関から廊下が真っ直ぐに伸びており、廊下に沿って二つの部屋があり、その奥にリビングと和室のある3ＬＤＫの部屋だった。

奥の和室には小さな仏壇が置かれており、その前の中陰壇に鈴江の母だという女性の遺影と銀色の布で覆われた骨箱が置かれていた。

真人と優樹はお茶を煎れるからという鈴江に礼を告げ、マンションを出ると次の家へ向かった。

そこは古い住宅街だった。そばには、ジャングルジムと鉄棒と、何故かテープが貼られ使えなくなっているブランコがあるだけの公園と近所の主婦が利用しているような小さな美容室があるだけの、とても静かな一帯だった。

リストにある山本公男の家はそんな住宅街の一角、美容室の横に建てられていた。

黒い鉄製の小さな門扉を開けると玄関に続く小さな階段を二段上がる。その横には庭というよりは花壇に近い空間があり、すっかり枯れて何の花を咲かせていたのかもわからないような草が倒れている。

優樹が木製のドアの横につけられた下から上に押し上げるタイプのドアチャイムを押す。返事はなく、沈黙だけが流れた。

真人は、黒ずみ、木目も消えかかっているドアをノックした。しかし、やはり返答はない。

二人が諦めて次の家へ向かおうとした時、隣の美容室から客が出てきて、六〇近い美容師の女性が見送りに出て来る。客に手を振り終えた美容師は、真人と優樹に気付くとまるで級友にでも会ったかのような笑顔を浮かべて近付いて来る。

「山本さんの奥さん、お留守だった?」

真人と優樹は一瞬、目を合わせる。

「え、ええ」

優樹が曖昧に返事をするとその美容師は、「なんか、用事があるなら電話してあげよっか?」とポケットから携帯電話を取り出した。

真人の「はい」という声と優樹の「いいえ」という声が重なる。

何か言いたげに見つめてくる優樹に真人は強い口調で言う。

「潰せるところは、早めに潰しておいた方がいいだろう?」

ちょっとおもしろくなさそうに優樹が「そうだね」と答えるのを見ると、真人は美容師に電話をかけて貰うよう頼んだ。

電話はすぐに繋がり、「あ、山本さん?」という美容師の甲高い声が辺りに響く。

「今、お宅に若いお客さんが見えてるんだけど、え? ああ、そうなの? じゃあ、すぐには帰って来られないんだ? うん、うん。ちょっと待って、今代わる……」

自分に向けて差し出された携帯電話を受け取り、真人は話し始める。

「お忙しいところ申し訳ありません。お電話代わりました、私、葬儀の井原屋の井原と申します」

真人が今日かけている電話の相手は、皆、最近、家族を亡くした人達ばかりで、真人が葬儀屋だと名乗っても、それほど身構えたりせず、話を聞いてくれる。身内の葬儀を経験して、葬儀屋が多少は身近な存在になったのかもしれない。

電話の向こうの山本家の奥さんも、「はい……、はい……」と、丁寧に話を聞いてくれている。

横で美容師が「葬儀屋さん? あなたも?」と優樹に聞いていて、優樹が首を横に振った。

「そうですか……。ありがとうございました」

山本家でもまだ仏壇の前に安置されたままらしい。話を聞いていても特に嘘をついていたり、曖昧だったりすることもない。

真人は「ここも違うと思う」と優樹に告げると、美容師に頭を下げて歩きだした。少し歩いて振り返ると、後ろではまだ優樹が美容師に捕まっていた。


「あれくらいの歳のおばさん達ってすごいのな」

次の家へ向けて車を走らせながら、真人は岩舘鈴江と今会った美容師を思い出しながら、優樹に顔を向けた。

「ホントだよ……」ぐったりとシートに身を投げ出していた優樹が身体を起こす。「でも、ま、うちの親もそうだからなあ」

「そうなんだ」

「うん。時々電話をすると切るタイミングもないくらい。時間のない時なんかは、ホントにイライラする」

真人が左にハンドルを切りながら、ちらりと優樹の顔を見ると、嫌そうに言っている割には、とても嬉しそうな顔をしていた。

「俺の母親も、生きてたらそうだったのかな」

真人の母がこの世を去って十五年が経つ。当時、小学校の六年生だった真人には若い母親しか記憶にない。

「どこの親でも、きっと同じだよ……」

優樹の言葉に、真人は居間で晴香や隼人と一緒にテーブルを囲む、年老いた母親の姿を想像してみた。晴香は今よりも大人しく、中央でお菓子を食べながら、母親が豪快に笑っている。きっと、楽しい生活だっただろう。真人は運転しながら夢を見たような気分になって、慌てて気を引き締めた。

「次で杉並最後な」

リストをめくる音のあとに、優樹が「うん」と答える。

その家は古い木造アパートの一階にあった。

茶色いトタンの薄い板が木造の外装を覆うように貼られた建物が片側三棟で私道を挟むように並んでいる。その六棟全てが一階に三室、二階に三室の同じ造りで、柴田元の家はその六棟の中でも私道の一番奥の北側にあった。

真人はリストにある名前と、アパートの表札を確認した。茶色く変色した紙に『柴田《しば た》咲子《さき こ》』『柴田元《げん》』と二人の名前がサインペンで書かれていた。ドアについた新聞受けには今日の朝刊が入れられたままになっている。

優樹がドアをノックする。返事はない。

優樹は再びノックしながら、声をかける。

「すみませ～ん！　柴田さん、いらっしゃいませんか～？」

真人は優樹の後ろ姿を見ているうち、「もしかしたら、ここかも……」と思った。優樹がドアをノックする音を聞きながら、アパートの横に回り裏側へ回る。そこは苔《こけ》むした土の上にコンクリートの重石を使った物干し台があるだけの狭いスペースだった。冬の間はまったく陽が当たらないであろうその場所にはどの家も洗濯物を干してはいなかった。

真人は柴田の部屋の窓に近付き、部屋の中を覗き込みながら、窓ガラスをノックした。しかし、こちら側からも返事はない。

その時、真人は窓ガラスの目の前の部屋の奥に本棚に並んで、中陰壇が置かれていることに気がついた。遺影が置かれ、燭台と香炉も置かれている。しかしそこには、あるはずの物がなかった。骨箱が置かれていないのだ。

「ちょっと、勝手にこんなとこまで来て！　ダメだったら！」

表から真人を探して優樹がやってくる。

真人は黙って、部屋の中を指差した。

「お骨がない……、もしかして、ここ？」

優樹が小さな声を上げた時、真人はさらに部屋の奥、窓ガラスのある部屋の隣の台所に白木の桐箱が横になって転がっているのを見つけた。中に骨壺はなく、ただ、無造作に覆い布が外され、転がっているだけだった。

「間違いない。……ここだ」

真人は部屋の中で微笑む遺影を見て、奥歯を噛み締めた。

「あのお骨は、この人だったんだ……」

表札と家の広さから考えて、二人暮らし。だとしたら、網棚の上に骨壺を置いて行ったのは柴田元ということになる。

玄関には今日の朝刊が入れられたままになっている。昨夜の最終電車に骨壺を乗せてから、家に帰っていないんだとすれば、辻褄も合う。

真人がそんなことを考えていた時、優樹が真人の肩を指先でつついた。

「まさぴょん、あれ……」

「え？」

「あの、遺影の下にある紙袋って……」

それは真人が毎日のように見ている紙袋だった。横が和紙のような白で、側面が線香をイメージした薄い緑になっている。井原屋が葬儀で使っている紙袋だ。きっと、あの中には線香と蝋燭が入れられているはずだ。

「柴田さんは、うちでご葬儀をしたのか……？」

真人はアパートの表に周りながら、携帯電話を取り出して、晴香に電話をかけた。

「どうしたの？」

何もわからず尋ねる晴香に、真人は事情の説明もしないままに尋ねる。

「柴田さん、柴田咲子さんのご葬儀って、うちでやったのか？」

「え？　……柴田、咲子さん？」

「ああ」

晴香は少し考えてから「ちょっと待ってて、多分、そう！　今、確認する」と言った。晴香が電話を置いて、事務所でファイルを探している音が聞こえてくる。

電話から離れた場所で「あった」という晴香の声が聞こえ、すぐあとに晴香が「あったよ」と電話に出た。

真人は晴香に事情を話し、晴香から柴田家の葬儀の様子を聞いた。

柴田咲子の葬儀は、ちょうど五十日前、真人がまだ井原屋を継ぐ前に行われた。喪主は一人息子の元が務めた。

咲子が五十四歳という若さで亡くなったのは、事故が原因だったという。家のそばにある階段からの転落死だった。夜、足を踏み外したらしい。

咲子は搬送された病院で亡くなり、そこに浩太郎と田中が駆け付け、井原屋に葬儀が任されることになった。しかし、葬儀は親族などもおらず、とても簡素なものだったという。

「他に、何か息子さんのことで分かることはないか？」

少しでも情報が欲しい真人は晴香に尋ねた。しかし、晴香にはそれ以上、わかることはなかった。

「もう少し、元さんの情報がわかるといいんだけど……」

真人から井原屋での葬儀の様子を聞いた優樹が、柴田家のドアを見つめながら呟いた。

その時、どこかから小型犬の鳴く声が聞こえて来た。

真人が私道に出て見ると、私道の入り口付近で一人の女性がトイプードルを散歩させていた。

「かわいい犬ですね？」

真人は七十歳近いその女性に笑顔で近づいた。

「名前はなんて言うんですか？」

突然、話しかけてきた若者に警戒しているのか、その女性は真人の質問に答えようとはしない。

真人はしゃがみこんで、その犬を思いきり撫でた。普段、コタローと遊んでいる真人にとって、犬を遊ばせることは容易いことだった。

トイプードルは、すぐに真人にお腹を見せ、真人の手に喜んでじゃれついた。

「あらあら、ミミちゃんはこのお兄ちゃんのこと好きなの～？」

富田八重子《とみたやえこ》は、柴田の住むアパートの大家だった。毎朝、コタローの散歩に出かけ、犬好きの人達と会話をしていることがこんな所で活かされた。

「咲子さんね。突然のことで驚いたわよ～」

八重子はこのアパートをもう三十年も経営しており、三十六室ある中で、柴田家が一番長くこのアパートに住んでいるのだという。

「咲子さん、元ちゃんがこ～んなちっちゃい頃から、一人でホントに頑張ってて、元ちゃんが大学に合格した時には、ホント喜んで、ずっと自慢してたんだから」

真人の前で話をする八重子もやはり話し好きなようで、柴田家の情報がスラスラと出てくる。

「それなのに、ね～」

母一人で頑張って、息子を大学に行かせたのなら、立派な話だ。しかも、元の大学は有名私立大学だった。

「それなのに、どうしたんです?」

真人は話の続きが気になって、八重子を促した。

「気になる?」話し好きの八重子にまんまとしてやられている感じがしたが、話を聞き出すには、彼女に転がされるよりほかはない。真人は「はい」ともの欲しそうな顔で八重子の顔を覗き込んだ。

八重子は満足そうに頷いて話を続けた。

柴田元は、母の咲子が必死に働いた金で有名私大の法学部に進学し、無事に卒業した。元は弁護士志望で司法試験の合格を目指して、ロースクールを卒業してから浪人生活を送っていた。その間も仕事をせず、咲子の稼ぎだけを頼りに生活してきたというのだ。

「引きこもりって言うの？　ニートって言うの？　勉強してるって言っても、私から見たら、そんな感じにしか見えなくってね～」

それでも、咲子は元を溺愛し、とにかく司法試験に受かるようにサポートを続けていたという。

「お母さんは、事故で亡くなられたんですよね？」

途中から八重子の話に加わっていた優樹が八重子に尋ねた。

「そう。夜の散歩くらいが楽しみだったんだろうけどね。あんな暗い階段歩くもんだから、足、滑らせて……。これから、元ちゃんは一人でどうするんだろうねえ。私はそればっかりが心配で……」

八重子が元のことを心配しているのか、家賃を心配しているのかは真人にはわからなかったたし、敢えて聞くこともしなかった。

「どこか、元さんが行きそうな場所って知りませんか？」

真人の問いに八重子が驚いて見せる。

「え？　元ちゃん、家にいないの？　珍しい。学校を卒業してからは、ほとんど外に出てないと思ってたのに……」

やはり、彼は覚悟を決めて家を出たのかもしれない。これまでに働いたこともなく、母親だけを頼りに生活してきた。それなのに、その母親が死んだ。きっと、彼はこれからの人生を悲観しているに違いない。

真人は八重子に礼を告げると、優樹と共に私道に停めていた車へ乗り込んだ。日陰に停まっていた車の中は完全に冷え切っている。

「やばいな」

真人は車のエンジンをかけながら呟いた。

「もう、手遅れなんてこと、ないよね？」

優樹が真っ赤になった鼻を手で押さえ、鼻をすするようにして言った。

「諦めてもしょうがないだろう。ここまで来たら、絶対間に合うと思って動くしかない」

真人は自分に言い聞かせるようにそう言うと、次の手を考えた。

「俺たちは彼の顔も知らないし、闇雲になんて探せない。他に彼を見つける残された情報は……」

優樹は暖房の吹き出し口に当てて温めた手で顔を覆う。

「友達って、いなかったのかな？」

優樹の言葉に真人は考える。大学を卒業してからはずっと家の中にいるような生活だったという。しかし、その前、学生時代なら友達がいたのではないか？

「……大学だ」

真人はすぐに元の出身大学の電話番号を調べた。

今井健介《いまいけんすけ》は世田谷にある中堅弁護士事務所で働いていた。

真人と優樹がその弁護士事務所に今井を訪ねた時、時計はもう十八時を回っていた。

元の出身大学に電話をした優樹が法学部へつないで貰い、九年前の卒業生、柴田元を知る人間はいないかと尋ねた。すぐに当時、元のゼミを担当した准教授が電話に出てくれた。優樹は電話に出た准教授に元の母親の遺骨を預かっていて、彼を探していると告げ、学生時代、元と仲が良かった学生を教えて欲しいと頼んだのだ。

そうして、教えられたのが今井の連絡先だった。

真人と優樹が受付の女性に案内されて応接室で待っていると、遅れて今井がやってきた。綺麗にスーツを着こなし、颯爽とした感じで登場したが、その目を見て、彼が疲れていることが、真人にはすぐに分かった。

「すみません。これからまだ、仕事があるので、手短にお願いできますか？」

今井は皮張りのソファに座りながら、時計を気にしていた。

優樹は単刀直入に切り出した。

「実は、今井さんの学生時代の同級生だった柴田元さんを探してまして、彼が行きそうな場所があれば、教えていただけないかと思いまして……」

突然、級友の名前を出された今井は身を乗り出して驚いた。

「柴田ですか？　元気なんですか？　あいつ」

そのひと言で、真人は落胆した。今井は柴田とは付き合いがない。

「お付き合いはないんですか？」

今井は少し考えてから、指を折った。

「四、いや五年か……。それくらいは会っていませんね」

「学生時代は一番仲が良かったと伺っていたんですが……」

優樹の言葉に、今井は懐かしそうに頷いた。

「そうですね。確かに彼が一番仲が良かったですよ。彼は優秀でしたし……。でも、ロースクールを卒業して、僕だけが司法試験に受かってしまいまして……。それからは全然……」

「じゃあ、今、柴田さんが行きそうな所とかは全然心当たりはありませんか？」

「ええ」今井は頷いてから身を乗り出す。「柴田、何かやったんですか？」

優樹は「いえ」と言って笑った。

何かを探るような眼差しを向ける今井に真人は口だけで笑う。

「彼の大事なモノを預かってるんです。とっても大切なモノを……」

「そうですか」今井は再び時計を見て立ち上がる。「お力になれなくて、残念です」

応接室を出て行こうとする今井を真人が呼び止める。

「柴田さんの、学生時代の思い出の場所って言ったら、どこになりますかね？」

「学生時代の思い出の場所……？」

今井は考えながら、二歩、室内へ身体を戻した。

「あいつにとって思い出かどうかはわかりませんけど、大学の校舎の屋上で、みんなで良く飲みましたね。あ、みんなって言っても、本気で司法試験を目指してるグループだけですけど……」

「校舎の屋上ですか？」優樹が今井の顔を覗きこむ。

「ええ。缶ビール片手に裁判のまねごとをして遊んだり、この中で誰が一番最初に司法試験に受かるか、なんて話をしながらね。みんな、柴田が一番だろうって言ってましたけど……」

真人と優樹は元の出身大学に来ていた。

今井に教えられた法学部の入っていた校舎の屋上を目指す。それは元が一番明るい将来を夢見た場所だったに違いない。

「俺なら、そんな場所で最期を迎えようと思うかもしれない」

真人の言葉に、優樹も頷いた。

少しでも早く、屋上に辿り着かなければ、今、この瞬間にも元は自らの命を終わらせてしまうかもしれない。

真人と優樹は校舎の中を走り、エレベーターに乗り込んだ。壁に並ぶボタンの一番上の数字を押し、「早く早く」と祈るようにエレベーターが到着するのを待つ。

エレベーターから降りると二人は階段を探した。エレベーターを右に回り込んだ場所に、屋上へと続く階段はあった。

真人は黒いリュックサックを胸に抱きしめながら、階段を駆け上がる。

ドアを開け、屋上に出ても、そこには誰の姿もなかった。

「ここじゃなかったのかな……」

その時、頭上でジャリッと砂を踏む音が聞こえた。真人がドアから数歩前に出て振り返ると、屋上へ出るドアの上、給水塔に一人の男が立っていた。

「柴田さん？」

優樹の声に男が振り返る。

男の顔が咲子の遺影と重なる。

「柴田さんですよね?」

真人が尋ねると、元は怯えるような顔を向けた。

「誰だ? ……誰なんだよ?」

首を振りながら、元はジリジリと給水塔の淵へと進む。

優樹が警察手帳をかざしながら叫ぶ。

「警察です! あなたを……、あなたを止めに来ました!」

「やめてくれ!」元は両手で頭を抱えて激しく振った。「俺はこれからどうしたらいいかわからないんだ。司法試験にも受からないし、おふくろもいない……」

「あなたのお母さんをここへ連れてきました!」

真人は持ってきたリュックサックを開け、中から青磁の骨壺を取り出した。

「おふくろ……」

「お母さんの前で、死ぬなんてこと、できませんよね?」

優樹がそう呼び掛けると、元はボロボロと泣きだした。

「おふくろだって、俺がいなけりゃ死なずに済んだんだ……」

真人にも優樹にも元の言っていることの意味がわからなかった。

「俺が……、俺が夜食に肉まんを喰いたいなんて言うから……」

真人の脳裏に柴田家のアパートの大家、八重子の言葉が浮かんできた。

「夜の散歩くらいが楽しみだったんだろうけどね……」

元の母、咲子は毎晩、外に出ていた。それは、散歩ではなかったのだ。

「じゃあ、お母さんは毎晩、あなたのために肉まんを買いに……？」

「そうだ」元が大きくうなだれる。「あの日もそれで、階段から足を踏み外して……」

元は、母親を亡くし、将来を悲観したからだけでなく、母親の死の責任も感じていたのだ。

「だから、こんな俺は死んだ方がいい。死んだ方がいいんだ！」

そう叫んだ、元に真人は負けないくらいの大声で声をかける。

「だったら死ねばいい！」

「ちょっと、まさぴょん」優樹が真人を諫《いさ》める。

しかし、真人はそれを無視して、元に問いかける。

「一度死んだ気になって、もう一度やり直せばいいじゃないですか……」

元が真人の顔を不思議そうに見る。

「うち、葬儀屋なんですよ。よかったら、うちで柴田元さんの葬式、挙げてみませんか？」

屋上に強い風が吹き付け真人と優樹は、一瞬、元から目を逸らした。

次の瞬間、元の姿が真人たちの視界から消えた。見上げていた給水塔から、その姿がなくなったのだ。

優樹が慌てて、屋上から下を覗きに走る。顔を上げた優樹は真人に向かって首を振る。

真人は給水塔につけられた梯子を掴み、足をかけてゆっくりと上っていく。そこに、元は座りこんでいた。

真人が元に近付いた時、再び、強い風が吹き付け真人が持っていた骨壺を震わせた。咲子の入った骨壺は、カチャリと、冷たい音を立てた。

その音が、真人には元を叱りつける声のように聞こえた。


元を井原家に連れて帰った真人は、本当に元の葬儀の準備を始めた。

晴香に事情を話し、仕事の様子を見に来てくれていた田中にも協力して貰う。

仏間に布団を北枕に敷き、枕飾りを整える。蝋燭の炎と線香の煙が揺れる。

布団の横に元、真人、晴香、田中、そして、咲子の遺影を胸に抱いた優樹が座っている。

「ただいまより、本日、三十一歳にてご永眠なされました、故柴田元様の葬儀式ならびに告別式を、ここに謹んで執り行わせていただきます」

晴香が葬儀の始まりを告げると、テープでお経が流され、真人が元に焼香台を渡す。

真人に促されるままに元が焼香をすると、焼香台は真人から優樹、優樹から田中、田中から晴香に回され、再び元の元に戻された。

焼香が終わると、再び晴香が立ち上がる。

「最後に、喪主、柴田元様より、故人、柴田元様へのお別れの言葉があります」

真人が元のそばへ寄り、小声で「どうぞ」と告げる。

「いや、あの……、何を話せばいいの？」

真人は真剣な眼差しを向けたまま、元に告げる。

「故人の思い出を話してあげてください」

元は真人に言われるままに立ち上がって、咳払いを一つした。

「本日は、柴田元のために、このような葬儀を執り行っていただきまして、ありがとうございます」

型通りの挨拶をして、元は固まってしまう。必死に自分のことを思い出し、何を話せばいいのか考えているように見える。

真人はそれを辛抱強く見守る。

やがて、元はポツリポツリと話し始めた。

「……元が物心ついた時には、元の家はもう、母一人子一人の母子家庭でした。

子供の頃からずっと貧乏で、よく、近所の子にからかわれたりもしました。

元は母親が必死に働いていることを知っていました。

知っていたからこそ、どうしてあんなに働いているのに貧乏なんだと、いつも不思議でした。

あれは確か、中学三年に上がる頃のことです。

おふくろ……、元の母親が、元に言ったんです。『大学まではちゃんと出してやるから、お前は自分が将来、なりたいものをちゃんと見つけなさい』って……。

その時、元は知ったんです。

元の母親がどんなに働いても、元の家の暮らしが良くならないのは、元の母親が、元の将来のために、きちんと、コツコツ貯金をしていたからなんだって……」

そこで、元は優樹が胸に抱いている咲子の遺影を見た。

「そうです。俺、今思い出しました。

俺がなんで、弁護士になろうと思ったか……。

俺は、おふくろを守りたかった……。

おふくろに楽させてやりたかった……。

だから俺……、弁護士になりたかったんだ……。

それなのに、ずっとずっとおふくろに甘えて生きてきて、試験がうまくいかない苛立ちをおふくろにぶつけて……。

最低です。……元はホント、最低の男です。

今、元はすごく後悔しています。

できることなら、おふくろの生きているうちに司法試験に受かった姿を見せてやりたかった。

胸にひまわりのバッジをつけている姿を見せてやりたかった……。

そんなことに今さら気が付くなんて、俺は……、俺は……」

涙に詰まった元は優樹のもとに近寄り、咲子の遺影を胸に抱いた。

「おふくろ、ゴメン……。ゴメン……」

それから、落ち着きを取り戻した元は真人と優樹にもう死のうなんて思わないということと、晴香に、母の遺骨をちゃんと守っていくということを約束して、井原家から帰って行った。


三日後の夕方、真人がコタローに餌をやっていると、コタローが「クーンクーン」と泣きだした。

庭の入り口を見ると、岩田が真人の様子を覗いている。

「なんですか？」

真人が岩田に声をかけると、岩田はゆっくりと庭に入って来る。

「なんか、色々大変だったみたいだな。骨壺の遺族探しに、生きている人間の葬儀までやったそうじゃないか……」

「誰から聞いたんですか？」

真人は道具箱から盆栽用のハサミを取り出しながら聞いた。

「俺は地獄耳なんでな……」

真人は小さく笑って、盆栽の松を手に取る。

「今日は、この松を切ってみるんでしたっけ？」

「親父さんの残した盆栽、気に入って来たか？」

岩田の問いに真人は首を傾げる。

「どうだろう？　ここに残されたからやってるって感じかな……」

「そうか」

岩田が近付いてきて、真人の目を覗きこむ。

「親が子供に残していったのは、金や形のあるものばかりじゃないぞ」

真人は持っていた盆栽を置く。

「わかってます。……いや、まだ、わかってるつもりくらいかな」

「それならいい」

その時、家の中から晴香が真人を呼ぶ声がした。

真人が家の中を覗き込むと、晴香が事務所の方からやってきた。

「真人兄ちゃん、お客さん……。柴田さん」

「わかった」と晴香に返事をした真人は「すみません、お客さんが……」と岩田の方へ振り返る。しかし、そこにはもう、岩田の姿はなかった。

「ホント、何なんだよ、あのじいさん」

真人はそう言って、岩田の去って行ったであろう庭の入り口を見た。


事務所へ行くと、明るい顔をした元が真人を待っていた。

これから優樹の所にも行くという元は、今日、アルバイトを見つけて来たという。

「これからはちゃんと仕事をしながら、弁護士を目指すよ」

「じゃあ」と言って、真人は元をからかうように言う。「早く弁護士になって貰ってうちの顧問弁護士になって下さいよ。もちろん、格安で……」

元は「もちろん」と言って笑うと「ただ」と言葉を継いだ。

「その前にもう一つ目標があるんだ」

「なんですか？」

「早く、おふくろのために墓を買ってやりたいんだ。いつまでも遺骨を手元に置いておくわけにもいかないしな」

　その言葉に、真人は大きく頷き、「じゃあ、こんどいい墓石店紹介しますよ」と微笑むのだった。

第四話　5代目 愛の葬儀屋

――人は必ず死ぬ。

人の数だけ様々な死がある。病気、事故、自殺。人生を全うして死ぬ人もいれば、志半ばで死を迎える人もいる。

そして、その死に出会う遺族がいる。親の死を看取ることができた人、我が子に先立たれた人。家族を誰かに殺された人、家族が自ら命を絶った人。その思いは様々だ。

みんなで共に悲しむ遺族、いがみ合う遺族、故人に無関心な遺族。

遺族にもまた、様々なカタチがある……。

この日も、真人の一日はコタローの散歩から始まった。いつものコースを身体の小さなコタローに引かれ、商店街の人達と挨拶を交わしながら歩く。大した道のりではないのだが、寄り道寄り道しながら歩くコタローのあとを追っていると、寒さに震えながら外に出ても、帰って来る頃には背中にじんわりと汗をかいている。

コタローの散歩を終えて庭に戻ってきた真人は、コタローに水をやり、餌の準備をする。

いつもと同じ餌を、いつもと同じ分量だけ与える。

この家に戻って来てから、いつもと同じ朝を過ごしてきたが、庭から見る家の中の景色が、今日はいつもと違う。

和室の仏壇の前に安置されていた浩太郎の遺骨が無いのだ。

井原家は、昨日、浩太郎の四十九日の法要を済ませ、浩太郎の遺骨を菩提寺の霊園に納骨して来たのだ。

「なんか、寂しくなっちゃったね」

家の中から、晴香が声をかけて来た。

真人は晴香が手に持っていたタオルを受け取り、汗を拭きながら、「ああ、そうだな」と、庭から家の中へ入った。

真人が台所へ向かい、牛乳を飲もうとしていると、晴香はもう一度、浩太郎の遺骨の置かれていた場所を見た。

「とうとう家の中からもいなくなっちゃった……」

牛乳を手に真人が晴香の横に立つ。

「こうやって、少しずつ前に進んでいくもんなんだよ」

そう言ってみたものの、井原家の生活には何の変化も訪れていない。弟の隼人も妹の桃子も相変わらず、荒んだ生活をしているし、井原屋の仕事もまったく増えていない。

晴香に「ちゃんと営業して」と言われた真人は、これまでみたいに地域の人との繋がりや、病院や警察への営業だけではやっていけないと考え、赤字覚悟でチラシを作り、個人の家の郵便受けへ入れて歩いた。すぐに電話がかかり、効果があったと思ったものの、その電話は「縁起でもないモノを入れて行くな」というお叱りの電話だった。

結局、チラシの効果もなく、真人がしたことは井原屋の赤字を増やしただけに終わった。

晴香の作った朝ごはんを食べながら、テレビを見ていると、朝の情報番組に真人の好きなお笑い芸人コンビが出演していた。今日の夜に放送される番組の宣伝のために来たらしい。朝の番組には不釣り合いな二人だが、二人の話すトークはいつにも増して面白く、真人はご飯を口に入れたまま、吹き出してしまい、晴香に叱られてしまう。

井原家の電話が鳴ったのは、そんな時だった。

「真人兄ちゃん、電話……」

「ああ」真人は言いながら、口の中に入っていたものを飲み込むと、再び、テレビを見て笑った。

それを見て、晴香がテレビを消す。

「葬儀のご依頼かもしれないから……」

「わかってるよ」

真人は咳払いを一つすると、フゥと息を吐き出し、神妙な顔をして、電話に出る。

「はい、葬儀の井原屋でございます」

「あ、まさぴょん？　私……」

真人には相手がすぐに誰だかわかる。優樹だ。

「なんだよ？　用事があるなら携帯に電話すりゃいいだろ？」

「あれ〜？」優樹の声が、時折、人をからかう時に使う声に変わる。「いいのかなあ？そんなこと言っちゃって……。仕事の依頼なんだけど、聞きたくないの？」

「いや、聞きたいです！」真人は電話の前で姿勢を正す。「聞かせてください」

「遺体の引き取りをお願いします」優樹の声が真面目な声に戻る。「すぐ、来られますか？」

「はい。大丈夫です。住所と仏様の状況をきかせてもらえますか」

メモを取りながら、優樹の話を聞いていた真人は、優樹の告げた住所と名前に、「ゴメン、もう一度言ってくれる？」と、思わず聞き返してしまう。

「もう。ちゃんと聞いててよ」優樹が怒ったように遺体の引き取り現場となっている家の住所と名前を告げる。

「亡くなったのは天野洋平《あまのようへい》さん。住所は……」

それは真人の兄、健人の同級生で、幼いころ真人もさんざん遊んで貰ったことのある人だった。

「洋平くんが……。ウソだろ？」

優樹からの電話を切った真人は動揺しつつも、田中に連絡を入れ、遺体の引き取りを手伝って貰えるよう依頼した。


田中の運転で洋平の遺体が発見されたという洋平のマンションへ向かう。商店街に停められた自転車が車の進路を邪魔している。

田中が小声で自転車に文句を言うのを聞きながら真人は、自分が初めて自転車に乗れるようになった日のことを思い出していた。

それは、真人が幼稚園の年長だったころだ。

その頃、健人と洋平はすでに高校生だったはずだ。その二人が、真人の自転車の練習に付き合ってくれた。洋平が真人の自転車のサドルを支えてくれ、前方で「こっちだ！　来い！」と叫んでいる健人のもとまで必死に自転車を漕いだ。

「洋平くん、ちゃんと抑えててよ」

真人はそう言いながら、自転車を漕ぎ、無事、健人のもとまでたどり着いた。

振り返ると、洋平は自転車よりずっと後ろに立っていた。

「何だよ、一人で乗れるじゃんかよ、真人」

洋平は真人を指差しながら、白い歯を見せ微笑んだ。

真人が大学に受かった時、洋平は井原屋と同じ商店街にある親が経営する不動産屋で働いており、真人に「入学式で使え」とネクタイをくれた。派手すぎて、とても入学式に使えるようなネクタイではなかったが、真人はそのネクタイを今も大切に持っている。

「まさか、洋平さんが亡くなるなんて……」

運転席の田中の言葉に、真人が問いかける。

「田中さんも、知ってるんですか？　洋平くんのこと……」

「まあ、井原屋とは同じ商店街で働いてましたからね……。お父様から店を継いで、どんどん売り上げを伸ばしてるって、商店街でも評判でした。商店街の会合でも色々意見を出して、一目置かれる存在だったようですね」

「そうなんですか……」ぼんやりと返事をしながら、真人は洋平の人当たりの良さや行動力を思い出し「わかる気がする」と思った。

「健人さんに、連絡は……？」

健人と洋平の仲は田中も知っている。

「したけど、電話、繋がりませんでした」

放浪癖があり、どこにいるのかわからない健人に、真人は親友の死を教えてやらなければならないと思った。田中が井原屋に到着するまでの間、何度も健人の携帯電話に電話をかけたが、電源が入っていない為、繋がらなかった。留守電にも繋がらず、メッセージも残せていない。


洋平のマンションは一人暮らしには広すぎる2LDKのタイプの部屋だった。

真人が田中と共に玄関にやって来ると、そこに真人には見覚えのある夫婦が立っていた。天野洋平の父、修二《しゅうじ》と母、房江《ふさえ》だ。同じ商店街に店を持つ者同士、夫婦は浩太郎とも仲が良く、真人も子供の頃から色々と世話になった夫婦だった。

房江は母親のいない井原家の子供達を気にして、時折、おやつを持って遊びに来てくれた。おやつと言えば、葬儀で余ったまんじゅうなど和菓子が主流だった井原家の子供達は、房江が持って来てくれる見たこともないような洋菓子が大好きで、房江が来ることを待ち望んだものだった。

警察関係者と話す修二の声に真人が顔を向けると、夫婦と目が合った。

「真人くん……」

房江が涙を零しながら近づいて来た。

「この度は、ご愁傷様です」

真人が頭を下げ、田中がそれに倣《なら》った。

房江を追って近づいて来た修二が、今にも崩れ落ちそうな房江を支える。

「俺、……あの、なんて言ったらいいか……。洋平くんには俺、たくさん世話になったし、なんていうか、今でも信じられないって言うか、なんかの間違いって言うか……」

全然、言葉がまとまらず、自分でも何を言っているのかわからなかった。修二は何度も「うんうん」と頷き、真人の肩に手を置き、優しく叩いてくれた。

まるで自分の方が慰められているようだ、と真人は思った。

修二は真人の肩に置いた手を離すと、「洋平を、よろしくお願いします」と深々と頭を下げた。その横で房江も、同じように頭を下げる。

その二人を見ながら、真人は「洋平くんは俺がちゃんと送ってやるんだ」と、心に決めた。

真人が玄関に入ると、部屋の奥にいた優樹が気付き、他の刑事に一言二言告げてから、近寄って来る。

「ご苦労さま……」

頭を下げる優樹に真人も頭を下げる。

「遺体は死後一日たってる。死因はまだ特定されてないから、恐らく解剖に回されると思うんだけど……」

言い淀む優樹を見て田中が声をかける。

「どうか、したんですか？」

「先生が捕まらないんです」

よくあることなのか、田中は「ああ」と小さく頷いただけだった。

「なので、明日以降の解剖になると思うので、そちらでご遺体を預かって頂きたいのですが……」

真人はこの話の全てが洋平の遺体に関する話なのだということに、まだ現実味を感じられないでいた。他の誰かの話としてしか受け止められない自分がいた。

「まさぴょん？」

優樹に問いかけられて、真人は顔を上げる。

「ご遺体、預かって貰える？」

「あ、ああ」真人は返事をしながら、心の中で自分に喝を入れた。さっき、修二と房江を前に洋平をちゃんと送ると決めたはずなのに、自分がしっかりしないでどうする。

「大丈夫です。お預かりします」

真人の横で、田中が真人を心配そうに見ている。

「大丈夫ですか？　洋平さんのご遺体、見られますか？」

「はい。大丈夫です」

二人のやり取りを見ていた優樹が真人に顔を寄せる。

「もしかして、知り合いなの？」

「ああ」真人は頷く。「兄貴の親友。俺も昔からよくして貰ってた……」

「そうなんだ……」

「もう少し、詳しい話、聞かせて貰ってもいいか?」

一瞬悩んでから、優樹は「うん」と頷く。「でも、まだ何もわかってないから……」

優樹は手帳を取り出して、そこに書かれたメモを真人に読み聞かせるように話し始める。

「天野洋平さんの遺体が発見されたのは、今朝八時ごろ。天野さんが経営する『天野ハウジング』の社員、村田礼二《むらたれいじ》さんとアルバイト従業員の一条麻美《いちじょうあさみ》さんが、昨日から無断で出社していない天野さんの様子を見に来たところ、部屋で倒れている天野さんが発見された」

優樹がそこで手帳から顔を上げるのを見て、真人は「そっか」と呟いた。

優樹は指を挟んで閉じた手帳を降ろし、真人を見る。

「それと、部屋に通販で買ったとみられる海外製の薬の空き瓶が落ちてた。その薬が死因に関係しているかどうかはまだわからないけど、私達は病死と自殺、この二つの線で考えてるの……」

真人の中で、洋平と自殺は結び付かないと思った。いつも明るく、行動的な洋平は昔から自分で楽しいことを見つけて遊ぶタイプの人間だった。彼ならきっと人生を楽しむ術を知っている。真人はそう思った。それに田中の話では仕事もうまくいっているようだった。

ずっと黙っている真人の顔を優樹が覗く。

「何か、少しでも知ってることがあったら教えて欲しいんだけど……」

真人は顔を上げる。

「洋平くんが自殺するなんて、俺には思えないな……」

真人のその言葉に、優樹は深く頷いた。


真人と田中は倉庫の一角にある遺体安置台の上に洋平の遺体を安置した。今回のように死因が特定されていない遺体の場合、解剖前に遺体を冷蔵庫に入れてはいけないことになっているのだ。

燭台や香炉などを用意すると、田中は合掌を済ませ、帰って行った。

一人になった真人は、もう一度、洋平に手を合わせる。と庭からコタローの鳴く声が聞こえて来た。

真人が庭に行くと、盆栽を見ている岩田の足元で、コタローが後ろ足で立って岩田にじゃれようとしている。

「また、誰か亡くなったのか……?」

真人はゆっくりと庭に入って行き、縁側に腰を降ろした。真人が縁側に座り、岩田が盆栽の前に立つ。いつもとは逆の形。

「相変わらず情報早いっすね。ホント、地獄耳……」

そう言って、空を仰いだ真人に岩田が渋い顔を向ける。

「誰か、知り合いだったのか……？」

真人は作業着のポケットに手を入れながら、岩田の顔を見て小さく笑う。

「天野ハウジングって知ってます？」

「ああ、もちろん知ってる……」

「そこの社長、天野洋平さんが亡くなったんです」

「そうか……」

再び盆栽に目を向けた岩田の背中に真人は尋ねる。

「洋平くん、知ってますか？」

岩田は背中を向けたまま、身体で大きく頷いた。

「……彼は、いい青年だ」

亡くなったのだから、この場合、「青年だ」ではなく、「青年だった」が正しいのではないかと真人は一瞬思ったが、そんなことはどうでもよかった。

「俺、すごくかわいがってもらったんですよね……」

「そうか……」

岩田が振り返り、真人を見つめる。

真人は洋平を思い出しながら話す。

「俺が自転車に乗れるようになったのも洋平くんのおかげだし、初めて回らない寿司屋に連れて行ってくれたのも洋平くんで……。大学に受かった時はネクタイまでくれて……」

岩田が自分を見て笑うのを見て、真人は口をとがらせる。

「なんで、笑うんですか？」

「いいことだと思ってな。そうやって故人を思い出すのは……」

真人は目の前に並ぶ盆栽を見た。最近は、この盆栽を見ても浩太郎を思い出すことは少なくなってきた。

真人が立ちあがって、盆栽に近付く。

「……羨《うらや》ましいね」

「え？」真人は盆栽に伸ばしていた手を止めて、岩田を見る。「羨ましいって、何がです？」

「君は、みんなに可愛がられていたんだな」

認めたいような認めたくないような気分で、真人が「そんなこと」と言った時、家の中に置いていた真人の携帯電話が着信を告げた。

「すいません」

真人は岩田にそう言って、家の中へ入ると電話に出た。

「もしもし」

「あ、まさぴょん？　私……」

優樹の声を確認しながら、真人が庭を見ると、岩田はもう帰っていた。

「解剖なんだけど、明日の朝になりそうだから……。ご遺体の搬送、お願いします」

真人は家の中に目を戻しながら「ああ」と返事をして、「何か、わかったことってあった？」と尋ねた。

「うん。……部屋に落ちてた薬瓶、睡眠導入剤だったたって」

「睡眠導入剤って、睡眠薬ってこと？」

「そう」

真人は足の裏に痛みを感じて、右足を軽く持ち上げた。

「それで……？」

聞きながら、足の裏に落ちていた爪を拾う。

「睡眠薬を使っての自殺の可能性が高いって……」

そう聞いていても、真人の中ではやはり、洋平が自殺をするなど信じられない。

黙っている真人に優樹が話し続ける。

「署では、自殺ということで処理しようとしてるみたい……」

「そうか……」

「でも、天野さんは自殺をするような人じゃないんでしょ？」

優樹の言葉に真人は手の中の爪を弄《もてあそ》びながら洋平の笑顔を思い出す。

「ああ。でも、それは俺がそう思ってるだけで……」

「まさぴょんがそう思ってるなら、私はそれを信じるよ。それに――」

優樹が一瞬、躊躇したように黙った。真人は次の言葉を待つ。

「天野さん、トラブルを抱えてたみたい……」

「トラブル？」

「天野さんが、事故物件サイトを運営してたの、まさぴょん、知ってる？」

過去に事件や自殺、火事などがあった不動産情報をまとめて公開している事故物件サイトというものがあることは真人も知っていた。しかし、洋平が事故物件サイトを運営していたことなど初耳だった。

「洋平くんが？　どうして？」

「わからない。でもそのサイトに自分のマンションを載せられた大家さんから、天野さんにかなり激しい抗議のメールが届いてたの」

そのトラブルが原因で、洋平は誰かに殺された。優樹の話を聞きながら、真人はそう考えた。だが、真人の知る洋平は人の恨みを買うような人物でもない。自殺も考えにくいが、洋平が人に殺されるということも真人には考えられなかった。それに――。

真人は自分に頭を下げた修二と房江の姿を思い出す。あの二人に息子が殺されたかもしれないという事実だけは聞かせたくないと思った。これ以上、あの二人を悲しませるようなことはしたくない。

真人は弄んでいた爪を指で二つに折ると、ゴミ箱へ投げ捨てた。

「とにかく、署では自殺として処理されそうだけど、私はもう少し調べてみるから」

誰かがそばに来たのか、何か乗り物にでも乗ろうとしたのか、優樹は急に慌てたようにそう言って、電話を切った。

優樹は、パソコンを抱えて、刑事課の自分のデスクから会議室へ逃げ込んだところだった。上層部が自殺と判断した遺体を下っ端の自分が調べようとしていることなどが知られたら、厄介だ。

暖房の付いていない会議室は吐く息も白い。その中で、優樹は上着を着込んで、パソコンの画面を覗き込んだ。

それは天野が運営していた事故物件サイトだった。自殺、事故、殺人、火事。日本全国で人が亡くなった物件を紹介している。住所の横には、そこでどんな理由で人が亡くなったのか、わかりやすくイラストで表示されている。事件は警察官のイラスト、事故は人が転んでいるイラスト、自殺は輪になったロープのイラストだった。

優樹はそこに並ぶ家が燃えているイラストを見つめていた。

五年前の忘れられない日のことを思い出す。大好きだった優樹の祖父はその日、火事で亡くなった。火の不始末が原因だった。石油ストーブを消し忘れていたらしい。しかし、そのストーブを最後に消したのは祖父ではなく、優樹だった。

祖父の家から帰る時、祖父にもう眠るからストーブを消して行ってくれと頼まれ、火を消したのだ。祖父はそのまま自室にこもり眠りについた。

そのストーブの火が、まだ残っていたのだ。

優樹は祖父を失った悲しみと、その責任とに打ちひしがれた。自分がこれからどうしたらいいのかもわからなかった。

そんな時、刑事だった祖父の後輩、木野原が優樹を訪ねてくれ、刑事になることを薦めてくれた。優樹はその目標を持つことで立ち直り、ついに刑事になった。

優樹は祖父の仕事ぶりを思い出す。優樹の祖父は定年退職してからも、気になった事件を追い続けるような刑事だった。

――おじいちゃんは自分が疑問に思う事はいつも徹底的に調べていた。

優樹は天野の事件も自分が納得いくまで調べてみようと思っていた。「おじいちゃん、見てて、もっともっと立派な刑事になって見せるから」優樹が心の中でそう語りかけた時、優樹の携帯電話が鳴った。

「もしもし」

電話は真人からだった。

「洋平くんのこと、一人で調べるって言ってたよな。俺も……、俺にも手伝わせてくれないか？」


真人は高円寺署の前で優樹が出て来るのを待っていた。

優樹から洋平がトラブルに巻き込まれていたかもしれないという話を聞かされた真人は、そのトラブルが洋平の死に関係するものなのか、そのいきさつを知りたいと思った。

真人はすぐに車に飛び乗り、高円寺署へ向かった。

到着してすぐ、優樹に捜査を手伝わせて欲しいと電話を入れた。警察による正規の捜査なら、真人が手伝うなどできないことはわかっている。だが、今回は警察が自殺で処理しようとしているものを、優樹が一人で追うと言っているのだ。自分から申し出れば、きっと優樹はＯＫしてくれる。真人はそう思っていた。

そこに優樹がやって来る。車の中に真人を見つけると笑顔で手を振った。真人はそれに、軽く片手を上げて答えた。

井原屋のバンに優樹が慣れた感じで乗り込んで来る。

「ありがとう。天野さんのことを知ってるまさぴょんが手伝ってくれるなんて、ホント、助かる……」

優樹がシートベルトを締めるのを見てから、真人は優樹に尋ねる。

「で、洋平くんの所に来てた抗議のメールって言うのは……？」

優樹が膝の上のカバンの中から折り畳まれた数枚のA４サイズの紙を出す。

真人はそれを受け取り、広げる。

それは、Eメールをプリントアウトしたものだった。

差出人の名前は「石井雄二《いしいゆうじ》」。件名は「最終通知」だった。四枚ある紙は日付の違うメールだが、内容はどれも同じようなものだった。

洋平の運営する事故物件サイトにより、持っている不動産の価値が下がった。今すぐサイトから削除しろ。という内容のもので、最後の一枚には、「さもないと、夜歩けなくなるようにするぞ」という脅し文句まで付けられていた。

「これから、その石井さんに話を聞きに行こうと思う」

「住所は？」

真人は聞きながら、サイドブレーキを降ろし、車を走らせた。

石井雄二は中野区にある『平和の森公園』のそばに住んでいた。

『平和の森公園』は、かつて中野刑務所があった場所で、現在は芝生広場や野球広場のある公園として開放されている。中野刑務所時代、敷地内から弥生時代の住居跡や多数の土器が見つかったこともあり、公園内には弥生時代の竪穴式住居が復元されている。

公園のそばには小川が一本流れており、石井の家はその小川の淵に建てられていた。

二階建の一軒家で、家全体の形は古いのに外装だけが新しく綺麗に見えるのは、最近、外壁を貼り直したことを物語っている。

真人が優樹と共に石井の家を訪れた時、石井は家の裏にある一坪ほどの家庭菜園でホウレンソウを収穫しているところだった。

近付いて来た真人と優樹を見て、石井は収穫していたホウレンソウを置き、軍手を外した。

「うちに、何か用かね？」

セールスならお断りだと言わんばかりの高圧的な物言いだった。

優樹は石井に近付くと、そっと警察手帳を見せた。

「高円寺署の坂巻です。石井さんに、天野ハウジングの社長、天野洋平さんのことでお話をうかがいたいと思いまして……」

石井は「やっときたか」と言って、家庭菜園を囲む小さな柵を越えると、一人家の中へ入って行った。

「どうぞ！　入って下さい！」

銅褐色《どうかっしょく》の扉の中から石井の声が響く。

真人と優樹は目を合わせ、互いに首を傾げながら、その銅褐色の扉を開け、家の中へ入った。綺麗に整理された玄関に、今しがた石井が脱いだのだろうと思われる黒い長靴だけが、不揃いに散らばっていた。

優樹がその長靴を揃え、自分も靴を脱ぐ。真人もそれを見て「おじゃまします」と靴を脱いだ。

「こっちだ」

玄関を入ってすぐ右手にある部屋から石井の声が響く。

そこはダイニングルームになっていて、石井はダイニングテーブルの椅子に座り、赤いポットに入れられたお茶を湯呑に注いでいた。

顎をしゃくり、石井が真人と優樹にダイニングテーブルに座るよう指示してくる。

二人が座ると、石井は「で？」と話を聞き出そうとする。

真人と優樹が尋ねようとしていることとは、明らかに違うことを期待している。

二人が黙っていると、石井は痺れを切らしたように指先でテーブルをコツコツと叩いた。

「あの、天野のサイトを取り締まってくれるんだろう？」

「そういうことか」と、真人は心の中で合点がいった。

石井は天野の事故物件サイトを警察が取り締まってくれたのだと思っているのだ。

「いえ」優樹が不安そうな声で否定する。「私達は事故物件サイトを取り締まったという報告に来たわけではありません」

「なんだって?」石井が空になった湯呑を大きな音を立ててテーブルに置いた。「じゃあ、何しに来たんだ?」

「私達は、亡くなった天野社長の死因について調べているんです」

優樹が威圧的な石井に負けじと強く見つめ返すと、石井は目を逸らしながら言った。

「天野が亡くなったって? どうして?」

「ご存じありませんか?」

真人が石井を見つめると、石井は一瞬たじろいだ。

「どういうことだ? 私が天野が死んだことの何を知っているというんだ?」

優樹はカバンからプリントアウトしたEメールを取り出し、テーブルの上に広げた。

「石井さん、あなた天野社長を脅すようなメールを送りつけていますよね?」

「それは、ただ……」石井が動揺して声を震わせる。

しかし、石井はすぐに開き直ったように声を荒らげる。

「あいつが悪いんだ! あいつがあんなサイトを作るから! あのサイトのせいで、本当は売れるはずだった、うちのアパートが売れなくなったんだ！」

そこまで言って、石井はハッと顔を上げると、真人と優樹を見た。

「まさか？　まさか天野は殺されたのか？　違う！　俺じゃないぞ。俺は天野を殺したりなんかしてない！」

優樹は溜息をついて、天野に教える。

「天野社長の死因は、まだ特定されていません。病死かもしれませんし、自殺かもしれない。……もしかしたら、他殺の可能性も……」

部屋が静かになり、壁に掛けられた時計の音に重なって、石井が唾を飲み込む音が響いた。

優樹は石井の目を見つめ、ゆっくりと言う。

「私達はその死因を特定するために、色々な人にお話を伺っているんです……。もう一度、ゆっくりお話を聞かせていただけますか？」

大きな溜息をついた石井は立ち上がり、そばのお盆の上に裏返しに置かれていた湯呑を二つ取ると、真人と優樹にもポットからお茶を入れて出してくれた。

改めて挨拶を済ませ、石井が話し始める。

石井は杉並で古いアパートを経営していた。それは石井の父親が購入したもので、築三十五年の古い安アパートだった。建て直す資金もなく、いつか住む人がいなくなったら、更地にして売るしかないとずっと思っていた。

しかし、一年前、そのアパートの隣にあった鉄工所が倒産すると、更地になったその土地と併せて、石井のアパートを買い取りたいという大手不動産会社が現われた。二つの土地を足して、大きなマンションにして売る計画なのだという。

石井はその話に飛び付いた。すぐに話はまとまり、あとは契約を済ませるだけだった。

ところが、突然、不動産会社が石井のアパートの買い取りを渋り始めた。理由を聞くと、石井のアパートで一年前に女性が自殺しているという情報が、インターネット上に出ているからだという。

建て替えたとしても、住所が同じ以上、最初からイメージが悪くなる。というのが、不動産会社側の言い分だった。

「せめて、あんなサイトさえなければ……」

不動産側の担当者が残した言葉に、石井は動き出した。

すぐにサイトを調べ、天野に連絡を取った。それからは、時間さえあれば電話やメールで抗議し、サイトを閉鎖するよう依頼した。

しかし、天野はそれを拒否し続けたのだ。

「大体、あいつはなんで不動産屋のクセに、全国の大家を敵に回すようなことをやってるんだ？　俺にはよくわからんよ！　なぜ、あんな風にわざわざ世間にさらす必要があるんだ？」

石井はテーブルの上に置かれていた真人の名刺を手に取る。

「あんた、葬儀屋さんならわかるよね？ いっぱい見てるでしょ？ そういう物件……。事故だ自殺だ病死だって言って、人が死んだ部屋を次々さらしていったら、世の中、事故物件ばっかりだ……。大家はどうすりゃいいの？」

確かに、石井の言うことにも一理あると真人は思った。洋平はなぜ、事故物件サイトなど、運営していたのか……？

真人と優樹が石井の家を後にする時、石井は念を押すように優樹に言った。

「脅迫するようなメールを送ったのは事実だし、やり過ぎだったと反省してる。だが、実際に殺すようなこと、俺にはとてもできない」

優樹は「あとで、またお話を聞かせていただくことになるかもしれません」と、頭を下げて、石井の家を出て行った。

真人も石井に頭を下げて、優樹を追いかけた。


真人は優樹を車に乗せたまま、井原屋に戻ってきた。

バンを井原屋に停め、そこから『天野ハウジング』まで歩く。途中、花屋の夕子に「洋平くん、残念だったね」と声をかけられ、「健人は？ 連絡ついた？ ったく、何やってんだろうねぇ？　あの子は……」と、家族の心配もされる。

愛想よく話をする真人を見て、優樹が笑う。

「なんかいいね、商店街って……。家族みたい……」

真人は肩を竦めて答える。

「昔は、それが嫌だったんだけどな……」

「じゃあ、今は？」

優樹は真人の答えがわかっているように、嬉しそうに真人に尋ねた。

「だんだん、居心地が良くなってる」

真人は自分の気持ちを確認するように、その言葉を心の中で噛み締めた。


『天野ハウジング』は、東西に延びる商店街の西寄りに位置しており、隣をクリーニング屋と靴屋に挟まれている。数年前までは事務机と重いガラス扉、それに入り口に物件情報が無造作に貼られている昔ながらの不動産屋だったのだが、洋平が社長になってから、店内を開放的に改装し、ガラス張りの室内が外からでも見えるような作りに変えた。

真人は改装したばかりの頃、洋平が言っていたことを思い出した。

「見た目とかセンスの悪い不動産屋だと、客は紹介される物件もそんな物件なんじゃないかと思うだろ？　それに、ガラス張りの店内で社員がいつも笑顔にしてたら、自然とお客も集まるんだよ」

実際、修二の代から洋平に替わり、『天野ハウジング』の業績は伸びていると商店街でも評判だったという。

しかし、真人が優樹と『天野ハウジング』の前に立った時、ガラスの向こうに、社員の笑顔はなかった。店の中は明るいのに、大きな影がさしているように真人には見えた。

自動ドアが開き、客の入店を知らせるチャイムが鳴る。

「いらっしゃいませ」

すぐに笑顔を作った店員が現われる。その店員は、優樹の顔を見て、顔を歪めた。

「今朝は、ご苦労さまでした……」

「こちらこそ……」

村田礼二は洋介の遺体を最初に発見した一人だ。

真人は優樹と一緒に、ガラス張りの店の正面を向いたカウンターの奥にある商談スペースに座らされた。

紙コップに入ったコーヒーを三つ運んで来た村田が椅子に座ると、優樹は店内を見回した。

「お店、開けてるんですね……」

店内では、社長が亡くなったことがわかった当日にもかかわらず、村田以外にも数名の社員が働いていた。

コーヒーをそれぞれの前に置きながら村田も同じように店内を見つめると「いえ」と首を振った。「新規のお客様はとりあえず、お断りさせて頂いてます。ただ、物件の案内など、本日のお約束もありますので……」

「村田さんは、天野さんが事故物件サイトを運営していたことはご存知でしたか？」

優樹の質問に、一瞬、時が止まったように動きを止めた村田が、コーヒーを啜る。

「ええ。ここにも時折、抗議の電話がありましたから……」

「あんなサイト、不動産屋には邪魔なだけなんじゃないですか？」

真人がそう聞くと、村田は唇の片側を引きあげた。

「うちのように賃貸がメインの不動産屋は、物件を提供してくれる大家さんあってですからね。私も、何度もやめるように言ったんです……」

「でも、天野さんはやめなかった」

優樹が村田を覗きこむと、村田は深く頷いた。

「どうしてだと思いますか？」真人が尋ねる。

「え？」村田が聞き返す。

「洋平くん……、いえ、社長が事故物件サイトを続けてる理由です。……何故だと思いますか？」

甘いコーヒーが好きなのか、村田はコーヒーに二本目のスティックシュガーを入れた。

「アンフェアだからだ。……社長はそう言ってました」

「アンフェア？」

尋ね返した優樹を見つめ、村田が言う。

「宅建業法にある告知義務はご存知ですか？」

「確か……」優樹が思い出すようにして話す。「いわゆる事故物件のようなものは、次に住む人に告知しなくてはいけないんですよね？」

村田は「ええ」と頷きながらさらに説明した。

宅建業法では、死亡事故などが起こった物件を貸す場合、貸す側にはその契約相手に事故物件であることを伝える義務がある。しかし、告知しなければいけない期間は曖昧で、逆に告知義務が必要なのは、事故があった直後の入居者までとされている。

事故から半年しか経っていなくても、その間に三ヵ月でも誰かが住んでいれば、告知はされず、逆に、五年も空き家だった場合は、それを告知するかしないかは不動産屋に任されているという状況なのだ。

「社長はこれが貸す側に有利なルールだとよく言ってましたね。実際、大家さんの中には、事故物件に誰かを数ヵ月安く住ませて、それから家賃を元に戻して、貸し出すなんて人もいるようですから……」

さらに村田は、これを不動産業者がやった場合には告知義務は消えないのだと付け加えてから続けた。

「社長は借り手にも貸し手にも寄り添うような仕事がしたいと言ってました。たぶん、それが社長が事故物件サイトを立ち上げた理由だと思います」

それから村田は、「確か」と言いながら、商談スペースの上に置かれていたノートパソコンをインターネットにつないだ。

「あのサイトにも、似たようなことを書いていたと思いますが……」

村田はマウスとキーボードに触れ、「これです」と言って、パソコンを真人と優樹の方へ向けた。

そこには『管理人より』という見出しで短い文章が添えられていた。

「私は不動産屋を営んでいます。

ですので、私も事故物件を提供しています。

仕事ですし、大家さんのためもあるので、借主さんには最低限のことしか伝えません。

でも、何も知らない借主さんに、黙って物件を紹介するのはフェアじゃないと思っています。

だから私は、知ろうと思えば知ることができるようにはしておきたかった。

それが、フェアだと思い、私はこのサイトを立ち上げました。

事故物件には絶対に住みたくないという人も、安いのなら住んでもいいという人も、これから物件を探す人に、少しでもお役にたてればと思います」

次に真人と優樹は、村田と共に洋平の遺体を発見したアルバイト従業員の一条麻美に話を聞いた。

「私、社長にはすごく感謝しているんです……」

まだ二十歳だという彼女には、不動産屋の地味な制服は似合っていなかった。しかし、化粧っ気もなく、髪も黒髪のままで、アクセサリーなども身につけていない彼女にとっては、もしかしたら、その制服はとても着心地がいいのかもしれない。

「感謝してるって、どういうことかな?」

優樹が学校の後輩にでも話しかけるように優しく尋ねた。

俯いて、制服の上に羽織っている紺色のカーディガンの袖口を掴みながら、麻美は「私……」と、声を漏らし、それから話す覚悟を決めたかのように、顔を上げた。

「仕事も住む家もなかった私を雇ってくれたんです……」

二年前、麻美はたった一人の肉親である母を亡くし、住んでいたアパートも追い出された。仕事も住む場所もなく、街を歩いていた時、この商店街で、『天野ハウジング』のアルバイト募集の張り紙を見つけた。

「不動産屋さんで働けば、安い部屋が借りられるんじゃないかと思って……」

麻美がそんな思いで、『天野ハウジング』を訪ねると、社長の洋平はすぐに採用を決めてくれ、『天野ハウジング』が所有している物件を格安で貸してくれた。

「今の私があるのは社長のおかげなのに……」

麻美はそう言って、涙を流した。


井原屋に戻った真人と優樹は倉庫で眠る洋平の元を訪ねた。

倉庫の明かりは消えているが、洋平が安置されている場所には電気式の蝋燭《ろうそく》がともり、うっすらと洋平の姿を浮かび上がらせている。

電気をつけ、倉庫に入った真人は洋平の前に置かれた蝋燭に火を付けると、線香を手に取り、その火を線香に移した。線香の先についた火は小さく燃え上がると、すぐに消え、赤い点だけになった。

真人が線香を立てるのを見て、優樹もそれに続く。

洋平に向かって手を合わせ終えた二人は、洋平を見つめて話し始める。

「まさぴょんの言ってた通り、すごくいい人だったみたいだね、天野さん……」

「ああ」

真人は洋平を見た。

「事故物件サイトを立ち上げた理由も納得できるし、お店の人達からの信頼も篤《あつ》い。自殺するような理由も見当たらない……」

優樹の言葉に、真人は頷いてから、優樹の顔を見る。

「やっぱり、病気だったってことなのか？」

真人が覗き込んだ目を優樹が伏せる。

「うん……。でも、まだわからない……」

その時、倉庫の扉が開き、晴香が入ってきた。

「真人兄ちゃん……」

そう言って、振り返った晴香の後ろには、洋平の両親、天野修二と房江が立っていた。

「警察に聞いたら、洋平は井原屋さんにいると聞いてね」

真人に歩み寄りながら修二が言うと、その横で、「これを、あの子にね」と、房江が持っていた大きな花束を抱え上げて見せた。

二人は倉庫の一角の遺体安置台に我が子の姿を見つけると、何も言わず、そこへ歩み寄った。

蝋燭の横に花を飾り、二人は線香に火をつける。ゆっくりと炎が上がり、その火が落ち着くのを二人はじっと待った。線香の先が小さな明かりになってから、二人はそれを香炉に挿し、ゆっくりと手を合わせた。

長い長い時間が流れた。

二人は合掌していた手を解いてからも、顔を上げようとはしなかった。

晴香が事務所に戻ると、真人は四人分のパイプ椅子を用意した。

外はすっかり日が落ち、暖房のない倉庫の中はどんどん冷え込んでいく。鼻と耳の先が、寒さで痛む。

「顔を見ることは、できますか？」

白い息を吐きながら言った房江の言葉に真人が優樹を見る。

優樹は黙って頷き返した。

真人は洋平の顔に掛けられていた白い布を外した。洋平は昔と変わらない優しい顔をしていた。

「洋平……」

房江が泣き崩れ、修二がそれを支える。

真人は修二と反対側に周り房江を支えると、そばに用意したパイプ椅子に座らせた。

その時、再び倉庫の扉が開いて、晴香が入ってきた。右足を引きずりながら、毛布と使い捨てカイロを持ってきた。

「これ、良かったら使って下さい……」

遺体を安置しているため、ここで暖房を使う訳にはいかないのだ。

すぐに真人が駆け寄り、それを受け取る。

晴香は深々と頭を下げると、再び倉庫から出て行こうとして振り返る。

「事務所の方、暖かくしておきますので、寒いようでしたら、そちらも使って下さい」

晴香が出て行くと、修二と房江も椅子に座り、洋平の遺体を見つめた。

「死因は、分かったんでしょうか……？」

修二がボソリと言った。

ずっと俯いて自分の靴の爪先を見ていた優樹がどきりとしたように顔を上げる。

「いいえ、まだです」そう言ってから優樹は洋平の方を見た。「明日、ご遺体を解剖させて頂くことになりますので、そこで、はっきりするかと……」

「そうですか……」

二人のやり取りを見ながら、真人は心の中で、優樹に口止めしていた。洋平が他人に恨まれていたかもしれないことや他殺の可能性も捨てきれないことなどは、この二人にだけは決して言ってくれるな。と……。

「誰かに殺された、という可能性もあるんでしょうか？」

修二が静かに言ったひと言に、優樹は身体を起こし、椅子に座りなおした。

「その可能性も、否定はできません」

修二はもう一度「そうですか」と呟くと、洋平を見つめた。

真人は真っ直ぐに修二を見つめた。

「どうして、そんなことを聞くんですか？」

「何か、心当たりでも……？」優樹が真人の言葉を継ぐ。

修二は房江の顔を一度見てから自分の膝に毛布をかけ直した。

「不動産は一生に一度の高い買い物ですからね。お客様から恨まれることがないと言ったら嘘になる。親の仕事なんか継がなければ、そんな恨みなんて買わずに、普通に過ごせていたのかもしれないのに……。こんなことになるなら、好きなことをさせてやればよかった」

洋平が昔、不動産屋を継ぎたくないと言っていたことを真人は思い出した。

真人が小学校の高学年になる頃、洋平はバンドを組んで、将来はミュージシャンになるんだと言っていた。流行りに乗った恰好だけのバンドマン達とは違い、実力もあり、ライブハウスでも活躍していたらしい。真人の兄の健人も、「あいつは絶対にプロになる」と言っていた。

しかし、洋平が大学を卒業する間際、修二が一度、病に倒れた。幸い、大事には至らなかったのだが、洋平は「やっぱり、俺が継いでやったら、親父も安心するだろうからな」と、言っていた。

そんなことを思い出しながら、真人は自分のことを思っていた。

浩太郎は健人に葬儀屋を継がせることをどう思っていたのだろう？　自分の命の最期に葬儀屋を閉めろと言ったのは、どんな思いからだったのだろう？

「でも……」

優樹が修二に向かって笑顔を向けている。

「絶対に必要な仕事だし、喜ばれることだって、たくさんありますよね？」

結局、天野夫妻は、朝になって真人が洋平の遺体を解剖のために運び出すまで、ずっと洋平の傍についていた。

翌朝。東練大学医学部《とうれんだいがくいがくぶ》の法医学教室《ほういがくきょうしつ》に、洋平の遺体を運び、真人が家に戻って来ると、庭からコタローの鳴く声が聞こえ、そこには岩田が立っていた。

「いらっしゃい」

真人の言葉に岩田が驚く。

「おお、今日は歓迎してくれるのか？」

「歓迎なんて、別に……。ただ、もういつもいるから……」

岩田が真人を睨んで来る。

「悪かったな……。来て欲しくないんだったら、帰るぞ」

「いえ……。嫌いじゃないですから、岩田さんと話すの……」真人は岩田に微笑む。

岩田もにやりと笑い、「どうだ？」と、縁側に腰を降ろす。「今まで自分で切った盆栽は……」

「盆栽……」真人は呟くように言ってから、並んでいる盆栽を眺めた。

どれも形が整っているように見えて、どれも形が不格好にも見える。

真人は一番大きな松の盆栽を指差した。

「これなんか、今見るとバランス悪すぎたかなって思うかな……。切ってからじゃ遅いけど……」

岩田はその盆栽をじっと見つめて、鼻で笑う。

「世の中、あとから気付くことの方が多いもんだ」

真人は盆栽に向けていた目を岩田に向ける。

黙って岩田を見つめていると、岩田が「なんだ？」と問いかけてくる。

「いや……」真人は再び盆栽に目を向ける。「あとから気付いたんじゃ遅くない？」

岩田は立ち上がって空を仰いだ。

「ずっと気付かないでいるより、あとからでも気付く方がましだろう」

真人も岩田に並んで、空を仰いだ。

よく晴れた、冬の空だった。


真人が高円寺署の刑事課に優樹を訪ねた時、刑事課には優樹一人しかいなかった。

パソコンを見つめていた顔を上げ、真人に気付いた優樹が声を上げて、真人に手を振った。

「あ、まさぴょん」

真人は優樹のデスクに近付きながら、部屋の中を見回した。

「一人なの？」

インターネットに接続されたパソコンを見ながら、「うん」と呟いた優樹が、「どうしたの？」と顔を上げる。

「いや、洋平くんの遺体を搬送したっていう報告と、何か他にわかったことはないかと思って……」

優樹はしばらく真人の顔を見てから、「これ」と言って、パソコンの画面を指差した。

「天野さんが飲んでた睡眠薬の輸入販売元。天野さんの部屋からは空いた瓶の他にも、同じ物が何本か見つかってる。日本ではここでしか手に入らないみたいだから、天野さんもきっとここから購入してるはずなの」

「へえ」

真人がパソコンを覗きこんでいると、優樹が同じ画面を見ながら電話をかけ始める。

相手が電話に出て、優樹が「もしもし」といつもより少し高い声を出す。

「私、高円寺署の坂巻と申しますが、少しお話を伺いたいと思いまして……」

担当者に変わると言われたのか、優樹の握りしめる受話器から聞いたことのない保留音楽が漏れていた。

優樹のデスクには、犯罪関係の本や六法全書が並び、たくさんの書類と共に、都内の食べ歩きMAPなどが乱雑に積まれていた。

真人はその一番上に置かれていたDVDを手に取った。

「あ、お忙しいところすみません」

電話の相手が出て、優樹が話し始める。

優樹のデスクの後ろには小さなテレビと、そのテレビには不釣り合いな高性能のDVDプレーヤーが置かれていた。

真人はテレビとDVDの電源を入れ、手にしたDVDを入れると、リモコンを探し、再生ボタンを押した。

それに気付いた優樹は、受話器を手を当て、「ちょっと、勝手なことしないでよ」と、小声で怒鳴って来る。

テレビの画面には、どこかのマンションのエントランスが映し出されていた。見覚えのあるマンションだった。

オートロックのエントランスと集合ポストが映し出されている映像は時折、誰かが入って来る時以外は、マンションの外を通る車やバイク、人の流れを映し出しているだけで、延々と同じ映像が繰り返されていた。

「そうですか、わかりました。ありがとうございました」

電話を切った優樹に、真人は「何これ？」と尋ねる。

「ああ、天野さんのマンションの防犯カメラ。念のために借りて来たんだけど、まだ見てないの……」

優樹はそう言って、パソコンの画面に目を戻した。

「電話、何か聞けたのか？」

「うん」優樹は思った成果が上がらなかったことに口をとがらせ、自分の両手を腿の下に入れて身体を揺らした。

「この睡眠薬の購入者には、天野さんの名前はなかった……」

「じゃあ、まったく別のルートで手に入れてるか、誰かに貰ったか……」

考えながら優樹の隣の椅子に座った真人は、背もたれに身体を預け、再生されたままになっているテレビの画面をぼんやりと眺めた。

エントランスに入ってきた若い女性が部屋番号を押し、自動ドアが開く。その女性は笑顔でインターホンに何かを伝えると、マンションの中へ消えて行った。

真人は立ち上がり、ＤＶＤのリモコンを手に取った。巻き戻しを押し、今の箇所を再生する。

「どうしたの？」

真人を見上げる優樹を無視して、真人はテレビを食い入るように見る。

「間違いない」

真人は再びＤＶＤを巻き戻し、「ホラこれ」と、優樹に再生して見せた。

エントランスに入ってきた女性を見た瞬間、優樹は声を上げた。

「麻美さん？」

二人はそのＤＶＤを早送りしながら、すべてチェックした。二週間の映像に洋平を訪ねる麻美の姿が五度、映し出されていた。

真人は電話を指差した。

「さっきの番号。もう一度かけよう。今度は洋平くんじゃなく、彼女の名前で確認するんだ」

「うん！」優樹は慌てて電話をかけ直した。

テレビの中では、洋平の家を訪ねる麻美の嬉しそうな笑顔が一時停止されていた。

そこは、井原屋のある商店街から歩いて十分ほどの所に建つ、小さな古いマンションだった。三十年ほど前には多く見られた白いタイルのような外壁は黒ずみ、コンクリートがむき出した部分との境目には苔が生えている。

エレベーターのないマンションの最上階、四階に麻美は住んでいた。同じ階には他にドアが三つ並んでいた。麻美はここを月四万円で借りていると言っていた。

ドアホンを押すと、「はい」と出る麻美の声が聞こえる。

社長を失ったことで『天野ハウジング』はこの日から休業しており、麻美も部屋にいたのだ。

「坂巻です。昨日、お話を聞かせて頂いた坂巻優樹です」

近所を気遣ってか、優樹はインターホンで警察だとは名乗らなかった。しかし、麻美は、優樹が尋ねて来たことに緊張したのか、「今、開けます」という短い言葉もうまく言えていなかった。

すぐにドアが開き、ジーンズにトレーナーを着た麻美が顔を出した。

真人が頭を下げると、麻美も頭を下げた。

麻美の部屋の中は小さなテレビと箪笥があるだけで他に何もなかった。箪笥の上には母親とみられる人の遺影と位牌が置かれている。

お茶を煎れるという麻美を座らせ、優樹が尋ねる。

「あなたと、天野さんの関係を教えてください」

優樹の前に正座をした麻美は俯いて、何も答えない。

「天野さんのマンションの防犯カメラに、天野さんを訪ねるあなたの姿が何度も映されていました」

麻美は手を口にあてて、何かを言った。なんと言ったのか、真人にも優樹にも聞き取れなかった。

「今、なんて……？　もう一度言って貰えますか？」

麻美は口にあてていた手を降ろすと、自分の胸に当て、ゆっくりと口を開いた。

「お付き合い……、していました」

真人と目の合った優樹が小さく頷く。

ずっと俯いたままの麻美から見えるように、優樹がカバンから取り出した睡眠薬の瓶を床に置く。

それを見て、麻美の身体が強張《こわば》るのがわかる。

「この睡眠薬を購入していたのは、あなたですね？」

麻美は身体全体を使うように、ゆっくりと大きく頷いた。長い髪が振り下ろされ、映画に出てくる幽霊のように麻美の顔を隠していた。

「あなたが、飲ませてたの？」

優樹の問いに、麻美は「はい」と答えてから、首を振って顔を上げた。

「はじめは、天野さんが眠れないって言うから、買ったんです。薬局で売ってる薬じゃ全然眠れないと言うので、私がインターネットで購入してあげました」

麻美は右手で左腕を抱くようにして、どこか遠くの方へ目を落とした。

「でも、時々、彼にばれないようにお酒と一緒に飲ませたり、朝のコーヒーに入れて飲ませたりしました……」

『天野ハウジング』で話を聞いた時、麻美は洋平に感謝していると言い、涙まで流していた。それが、何故、そんな行動に出るのか、真人にはわからなかった。恋愛のもつれ？　金銭的なトラブル？　考えられるようなことはたくさんあるような気がして、でも、そのどれもが当てはまらないような気もした。

「どうして、そんなことを……」

真人はその質問を自分がしたのか、隣にいる優樹がしたのかわからなかった。

その問いに、麻美は再び俯いて、答えた。

「彼が、憎かったからです……」

「憎かった……。どうして？」

優樹は詳しい話を聞き出そうと優しく麻美に接する。

麻美は顔を上げると、本棚の上を見た。

そこには遺影と位牌が置かれている。

麻美は立ち上がり、遺影を手に取った。狭い部屋で、三歩も足を伸ばせば、手が届く。

「二年前、私の母は自ら命を絶ちました。身体が弱く、思うように働けないこともあって、ずっと生活保護を受けていました」

それでも、麻美の母は生活保護の中できちんとやりくりをし、麻美を高校まで行かせた。

高校の卒業も決まり、無事、就職先も決まった。

「これで、生活保護を受けなくても、お母さんと二人、やっていける。そう思ってたのに……」

卒業式後、麻美の就職が決まっていた会社が倒産した。

「私がいなければ、麻美は一人で自由にやっていけるのにねえ」

弱気になった麻美の母はそんなことを言うようになっていた。

そしてある日、麻美の母は住んでいたアパートで首を吊った。

それまで住んでいた六畳一間の小さな部屋は、麻美にとって、母が命を絶った場所になった。家にいるのが辛かった。

そんな時、不動産屋が来て、出て行って欲しいと言われた。

麻美は最低限の荷物を持ち、その部屋を出た。

それから麻美は、キャリーバッグを引っ張りながら、毎日街を歩いた。どこかに仕事はないか、どこかに寝泊まりさせてくれる場所はないか。そんなことを思いながら、歩き続けた。

『天野ハウジング』のアルバイト募集の張り紙を見たのはそんな時だった。

天野社長は仕事と家を提供してくれただけでなく、最低限の家財道具まで用意してくれた。麻美の身の上を聞いて、「俺が力になるから」と言ってくれた。

それから麻美は、天野のために懸命に働いた。店の他の人達も皆、親切に仕事を教えてくれた。店に出る時、窓の外を歩く人達に、自分の笑顔が見えるよう、精一杯働くことを楽しんだ。

そして、いつの間にか麻美は天野に惹かれるようになっていた。

自分の思いを伝えた時、天野は「年の差があり過ぎる。君にはもっとふさわしい人がいるはずだ」と、静かに諭した。それでも麻美は自分の思いをどうすることもできず、天野の部屋に通い、やがて、天野に受け入れられた。

眠れないという天野のために、睡眠薬を購入し始めたのもその頃からだった。

どんどんどん天野に惹かれて行く自分が、自分でも怖いくらいだった。

そんな時、店に変な電話がかかるようになった。

石井と名乗る男が、社長を出せと何度も電話をよこし、社長がいないと告げると、「事故物件サイトなんて辞めろと伝えておけ」と、伝言を頼まれた。それは、伝言と言うより、恫喝《どうかつ》に近かった。

天野のことが心配になった麻美は、石井の言っていたサイトを開いてみた。そこには、事故物件サイトと言われる物件がいくつも載せられていた。麻美はそんなサイトを天野が運営していることに驚いた。

麻美は、そのサイトの中に自分の母親が自殺したアパートも載せられていることを知った。そして、そのアパートの大家が、天野に抗議を続ける石井だったのだ。

ある時、しつこく電話をして来る石井に天野が声を荒らげた。

「俺を恨むより、自殺したヤツを恨むんだな」

その言葉に、麻美は全身の血が凍る思いがした。自分の愛する男が、母を、母の死を侮辱した。そう思った。

麻美には、どうしても天野を許すことができなかった。それでも天野のことが好きで、さらに惹かれて行く自分はもっと許せなかった。

そこまで話を聞いていた真人が、真っ直ぐに麻美を見つめた。

「だから、洋平くんに睡眠薬を飲ませた？」

麻美は深く頷いた。

「殺すつもりなんてなかった。ただ、彼に何か復讐めいたことをしないと、自分がどうかなってしまいそうだったの……、だから……」

「でも……」優樹が麻美に厳しい目を向ける。「もし、眠気で交通事故を起こせば、天野さんが死ぬこともあった。殺意がなかったとは言い切れない……」

「はい……」

深くうなだれる麻美の前に、真人はポケットから一枚の紙を取り出して、広げた。

「これ……」

その紙がなんなのかわからず、麻美が不思議そうな顔を真人に向ける。

「昨日、洋平くんのお父さんが持ってたのを借りてきたんだ。寄付金の領収書だって。洋平くん、自殺や事故、事件で親をなくした子供が進学できるように、遺児をサポートする団体に高額な寄付をしてたんだって……」

麻美の眼に涙が浮かび、一筋、流れ落ちた。一粒の涙が麻美の手の甲に落ちると、麻美は、顔を覆って泣き出した。

少しして、優樹が麻美の肩に手を置くと麻美はゆっくりと顔を上げた。麻美は母親の小さな遺影を胸に抱くと、「お母さん、ゴメンね」と呟いて、優樹に頭を下げた。

「私を逮捕してください……」

その時、優樹の携帯電話がけたたましい音を上げた。

優樹がディスプレイを見て、電話に出る。

「はい、坂巻です」

仕事の報告の電話なのか、優樹は、「はい」と「わかりました」を繰り返している。

「どうした？」

電話を切った優樹に真人が尋ねると、優樹は真人に「うん」と頷いてから、身体を麻美に向けた。

「今、天野さんの解剖の結果が出ました。天野さんの死因は、心筋梗塞《しんきんこうそく》だそうです。睡眠薬は、天野さんの死に直接的な因果関係はないとのことでした」

麻美は優樹の目を見て、首を振る。

「それでも私が彼にしていたことは消えないし、彼が帰ってこないことにも変わりないんですよね」

優樹は頷き、「ご同行願えますね？」と麻美に笑顔を向けた。

ベランダの窓からさす西日が、真人の背中を温めていた。


翌日、洋平の葬儀が行われた。

葬儀には商店街の多くの人が参列し、健人の同級生たちも集まっていた。真人は何度も健人の携帯電話に電話をかけたが、結局、連絡はとれなかった。

『天野ハウジング』の社員も麻美以外は皆、参列し、葬儀をサポートしていた。

その後の調べで、洋平は一年前に心臓に欠陥があることを医師に診断されていたことが判明した。もって、あと三年の命であると……。

だからこそ、洋平は自分のやりたいことを思いきりやっていたのかもしれない。そんな思いを抱えながらも、葬儀を取り仕切る真人には悲しむ間もなく、時間が過ぎて行く。

真人は、今は自分が悲しむ時ではないと思っていた。遺族を、修二と房江をちゃんと悲しませてあげないといけない。それが自分の仕事だと考えていた。

「遺された人がちゃんと悲しめるご葬儀をするのが、私達の仕事だ」

それは、父、浩太郎がいつも言っていた言葉だという。その言葉を真人は浩太郎の口から聞いたことがない。それが、今になって悲しいことに思える。

真人は洋平の棺を囲むように、昔、洋平が愛用していたギターを並べた。遺影の他にライブハウスで活躍していた時の洋平の写真も並べた。

全て、真人が奔走し、用意したものだった。

房江が参列した人達に「ぜひ見て行ってやって下さい」と、写真を指した。

参列した人達はその写真を、懐かしむように、そして、若くして亡くなった洋平の姿を悔しそうに見つめていた。当時を知る人達は皆、涙にくれていた。

出棺の時、真人は洋平を一曲の音楽を流して見送った。それは、洋平が作り、自ら歌っている曲だった。昨夜から真人がライブハウスを回り、徹夜で探したMDだった。

葬儀というセレモニーには少し似つかわしくない曲調だったが、そこで歌われている詩の内容は、洋平の生き方をあらわしているようにも聞こえた。

──一度きりの人生だから、恐れずに挑戦しよう。後悔はしたくない。ただ、自分の決めた道を進むだけだ──

参列している人達は皆、その曲に聞き入り、洋平を見送った。

告別式を終え、荼毘に付された洋平を抱いた修二が房江とともに真人のもとまでやって来る。

「真人くんにこんな式をして貰えて、きっと洋平も喜んでるよ。……真人くん。いい式をありがとう」

修二と房江に深々と頭を下げられて、この日、真人は始めて涙を流した。

その日の夕方、真人は縁側に岩田と共に座っていた。

野球のボールとじゃれるコタローを見ながら、岩田が真人に尋ねる。

「どうだい？　大っ嫌いだった仕事を継いでみて……」

真人は夕陽に染められた雲を見つめながら、しみじみ呟く。

「なんか俺、最近、親父に似てきてるんですよね」

「ん?」岩田が横に座る真人の顔を見る。「どんな所が……?」

「線香の匂いも嫌いじゃなくなったし、夜中の電話も誰かが亡くなって、自分が必要とされてるんだと思うと、全然嫌じゃなくなった。親父みたいに、直前まで笑ってても、電話が鳴れば、気持ちを切り替えて出られるようになったし……」

「そうか。板についてきたんだな、葬儀屋が……」

真人は「どうだろう?」と言って立ち上がる。自分が手入れをしてバランスの悪くなった盆栽を見て、「でも」と言葉を継ぐ。

「今だからわかることって、結構あるんですよね」

「ほう、例えば、どんなこと?」

「最初に会った時、話したじゃないですか? 死んじゃった中学の同級生の話」

「ああ。お父さんが営業をかけたってヤツか?」

真人は腕にはめていた数珠を手に取り、夕陽にかざした。

「今なら俺、わかる気がするんですよ。あの時の親父の気持ちが……」

夕陽を受ける数珠の球、一つ一つが眩しかった。

「あの時、親父は自分なら、息子の親友をちゃんと送ってやれる。この子を送るのは俺しかいない。って、そう思ってたんじゃないかと思うんですよね」

それは、真人が洋平と、洋平を送る修二と房江に対して抱いた思いだった。

「きっと、俺でもそう思ったはずだし……」

夕日に照らされる真人の顔を見て岩田が呟く。

「……いい顔になったたな」

真人は一瞬、岩田を見てから、コタローの顔を見た。

何もわからないコタローは、ただ、餌が欲しいという顔を真人に向けた。


その霊園は東京の外れにある静かな丘陵地帯にあった。冬枯れの木立がたち並ぶ間からは、遠く東京の街並みが見える。

そんな眺望のいい霊園の一角に井原家の墓はある。

大きな白い花束を抱え、スーツを着こんだ真人が井原家の墓の前へやって来る。

つい先日、納骨を済ませたばかりの墓は、まだ綺麗だった。ゴミもなく飾られた花も、まだ活きている。

真人は墓の前に花束を置くと、手を合わせ、ずっと、わだかまりのあった浩太郎に心の中で話しかけた。

「拝啓、親父。

俺は最近になって、ようやく、葬儀屋を続けて行く自信みたいなものがついてきた。

親父に言わせれば、まだまだなんだと思う。

でも、俺なりにやり甲斐を感じている。

『自分の人生が好きだったと思えるような生き方をしろ』

この仕事なら、親父が残してくれた言葉通り、自分の人生を好きだったと思える日がいつか来るような気がする。

だから、安心して天国から見ていてください。敬具」


真人には、遠くで笑う浩太郎の声が聞こえたような気がした……。